Christian Uecker

Wenn der Tod tanzt

Kriminalroman

Lutherische Verlagsgesellschaft

ISBN 3-87503-058-3

Lutherische Verlagsgesellschaft Kiel, 1994
2. Auflage 1994
3. Auflage 1994
4. Auflage 1994
5. Auflage 1994

Gesamtherstellung: Wachholtz Druck, Neumünster

Namen, Personen, Orte und Handlung
dieses Romans sind frei erfunden.
Jegliche Ähnlichkeiten mit tatsächlichen Personen,
Orten oder Ereignissen sind rein zufällig.

Prolog

Er war gerade dabei, sich den schwarzen Anzug anzuziehen, als es an der Tür klingelte. Wahrscheinlich der Küster, dachte er. Seit einiger Zeit hatte dieser sich angewöhnt, ihn kurz vor den Beerdigungen herauszuklingeln, um die Lieder für den Organisten abzuholen, völlig überflüssigerweise, wie er fand, denn die begrenzte Anzahl der Beerdigungslieder kannten die Organisten in aller Regel auswendig. Er warf sich das Jackett über, versuchte noch im Hinuntergehen, sich den Schlips umzubinden, und ging zur Tür. Es war tatsächlich der Küster.

„Entschuldigen Sie die Störung, Pastor Falke." Der so Angesprochene brummte vor sich hin. „Ja?"

„Wir haben ein Problem. Die Orgel geht nicht."

Er sah ihn entgeistert an. Zwar war die Orgel dringend renovierungsbedürftig, und auch ein Orgelsachverständiger hatte sich bereits eingehend mit dem Instrument befaßt, doch war von einem Totalausfall bisher nie die Rede gewesen.

„Was heißt, sie geht nicht?"

„Sie hat keinen Strom, ich habe schon alles probiert." Der Küster wirkte verstört. „An den Sicherungen liegt's nicht. Keine Ahnung, was los ist."

Frank Falke, Pastor der Kirchengemeinde Klein Hasenberg, seufzte. Probleme dieser Art waren geeignet, alles durcheinanderzubringen. Eigentlich sollte er jetzt noch einmal in Ruhe seine Beerdigungspredigt durchgehen, sich sammeln für den bevorstehenden Gottesdienst, ein stilles Gebet sprechen. Er brauchte diese Ruhe. Immer noch und immer wieder waren Beerdigungen ein Angang für ihn, fielen sie ihm nicht leicht. Nun, Ruhe würde er jetzt nicht mehr finden. Statt dessen würde er sich darum kümmern müssen, schnellstmöglich einen Elektriker herbeizuschaffen.

„Haben Sie schon einen Elektriker gerufen?"

„Nein." Alfred Langbehn, Küster und Friedhofsgärtner in einem, schaute ihn unschuldig an. Handwerker zu bestellen, gehörte nicht zu seinen Kompetenzen.

„Wer ist denn sofort erreichbar?“
„Heddermann, würde ich sagen.“
„Danke, ich kümmere mich darum.“ Er ging zum Telefon, hatte Glück. Bernd Heddermann, Inhaber eines kleinen Elektroladens in der nahegelegenen Kleinstadt, versprach, sofort zu kommen. In etwa zehn Minuten werde er da sein. Wie lange die Reparatur dauern würde, konnte er allerdings nicht sagen.
Pastor Falke ging zurück zur Tür und erläuterte dem Küster, daß Hilfe kommen würde, woraufhin dieser sich wieder zur Kirche begab, und ging selbst hinauf in sein Arbeitszimmer. Er versuchte noch einmal, sich auf das bevorstehende Ereignis zu konzentrieren, gab es dann aber auf, schaute auf die Uhr. Acht Minuten vor eins, Zeit, sich anzukleiden und hinüberzugehen.
Eine große Beerdigung, dachte er, als er das Haus verließ. Die kleine Straße am Kirchberg war von parkenden Autos umsäumt. Er war nicht überrascht. Wilhelm Ahrholz, der Verstorbene, hatte zu den Alteingesessenen des Dorfes gehört. Seit mehr als zwei Jahrhunderten war die Familie hier ansässig, gehörte ihnen einer der größten Höfe des Dorfes.
Pastor Falke überquerte die Straße, stieg die Treppe zur Kirche hinauf. Das Wort 'Kirchberg' war nicht zufällig gewählt, die Kirche lag auf einem hohen Hügel, der sich am Fuße der Trave steil emporhob. Von hier hatte man einen weiten Blick auf das Urstromtal des Flusses. Frank Falke öffnete die Tür zur Sakristei und schlüpfte hinein. Es war eine alte Kirche, 1884 erbaut, nachdem ihre Vorgängerin zwei Jahre vorher durch einen Brand vernichtet worden war. Beinahe genauso alt war die Orgel, die jetzt den ganzen Gottesdienst durcheinanderzubringen drohte. Er schaute erneut auf die Uhr: drei Minuten vor eins. Auf das Einsetzen der Musik, die sonst immer den Gottesdienst eröffnete, konnte er diesmal nicht warten. Er spürte, wie die unerwarteten Umstände ihn zusätzlich verunsicherten. Auch so schon waren Beerdigungen schwer genug, gehörte die Auseinandersetzung mit dem Tod zu den nicht einfachen Aufgaben seines Berufes. Vorsichtig öffnete er die Tür, die ins Kircheninnere führte, und lugte hin-

aus. Von hier aus konnte er den Altarraum überblicken, normalerweise jedenfalls, denn im Augenblick war der Raum ein einziges Meer von Kränzen. Er sah den Sarg, das Predigtpult und zwei Mitglieder der Feuerwehr, die, jeder auf einer Seite, Ehrenwache für den Verstorbenen hielten. Die Feuerwehrfahne, die ebenfalls obligatorisch dazugehörte, konnte er von seinem Beobachtungsplatz aus nicht sehen. Wilhelm Ahrholz, so hatte man ihm berichtet, war langjähriges Mitglied der Feuerwehr gewesen.
Dann war es ein Uhr, keine Orgel spielte, aber es half nichts. Unter den verblüfften Blicken seiner Gemeinde begab sich Pastor Falke an das Predigtpult, nicht ohne vorher mit einem längeren Blick des Verstorbenen gedacht zu haben. Er schaute in die vollbesetzte Kirche.
„Liebe Gemeinde", begann er stockend. Die Gemeinde sah ihn erwartungsvoll an. „Ein plötzlich aufgetretener Defekt an der Orgel macht es leider unmöglich, diesen Trauergottesdienst mit Musik zu beginnen." Er zögerte erneut. „Ich hoffe, daß der Schaden noch während des Gottesdienstes behoben werden kann."
Ihm war unwohl zumute. Wahrscheinlich werden sie noch lange darüber reden, dachte er. Ereignisse wie diese pflegten, lange im Gedächtnis eines Dorfes haftenzubleiben. Zu seinem Glück sah er, wie die Kirchentür sich öffnete, der Elektriker hereinkam und auf der Empore verschwand. Vielleicht schafft er es ja noch, dachte er.
Er eröffnete den Gottesdienst mit den agendarischen Lesungen. Es folgte das erste Lied. Falke blickte unruhig in die Gemeinde, überlegte für einen kurzen Augenblick, es ausfallen zu lassen. Die Klein Hasenberger, obwohl mit einem Männergesangverein gesegnet, sangen ohnehin nur ungern in der Kirche. Und er selbst, ebenfalls kein guter Sänger, war nicht in der Lage, den Gesang anzustimmen. Entgegen landläufiger Meinung, gehörte der Gesangsunterricht nicht zur Ausbildung der Pastoren.
Die Gemeinde aber erbarmte sich, erbarmte sich des Gottesdienstes, doch waren es nicht die durchaus zahlreich vorhandenen Herren der 'Concordia 1894', sondern die Frauen, die

die Initiative ergriffen. Von gleichmäßigem Brummen begleitet, ertönte das wohlbekannte 'So nimm denn meine Hände ...' Falke begann, sich etwas zu entspannen, atmete tief durch. Jetzt erst bekam er einen Blick für seine Gemeinde. Vorne links, von ihm aus gesehen, saßen die Angehörigen, allen voran Asmus Ahrholz, der Sohn, der mit abwesendem Blick ins Nichts zu schauen schien, neben ihm Regina, seine Frau, den Tränen nahe, es folgten ihre drei Söhne, allesamt zwischen zwanzig und dreißig, mit ihren Frauen, dann deren Kinder, Urenkel des Verstorbenen, die nicht sonderlich vom Tode des Urgroßvaters berührt schienen. Sie sind wohl noch zu klein, dachte er. Er ließ seinen Blick weiter durch die Bänke wandern, entdeckte Renate Roßmann, die Bürgermeisterin, die stets zu den Beerdigungen der Alteingesessenen erschien, Magda Hinrichsen, Altenteilerin auf dem ehemaligen Hinrichschen Hof und eine eigenwillige Person, die in diesem Jahr ihren achtzigsten Geburtstag feiern würde, weitere bekannte Gesichter sowie fast die gesamte Bauernschaft des Dorfes, die Nachbarn, den Missionsnähkreis und natürlich die Kameraden der Feuerwehr. Jetzt konnte er auch die Fahne sehen, die, wie üblich, an die Kanzel gelehnt war. Auch zwei seiner Kirchenvorsteher waren anwesend. In der Mitte, auf der linken Seite, saß Johanna König, Mutter von vier Kindern, studierte, aber nicht praktizierende Psychologin, die in die Landwirtschaft eingeheiratet hatte und so etwas wie das grüne Gewissen des Kirchenvorstandes darstellte, und ganz hinten auf seinem Stammplatz in der letzten rechten Reihe Heiner Langmaack, seit über zwanzig Jahren an der Gemeindeleitung beteiligt und sein Stellvertreter. Er wollte sich gerade wieder auf seinen Text konzentrieren, als er zu seiner Überraschung feststellte, daß auch Herr von Haldern gekommen war. Herr von Haldern, ein Mittvierziger mit angegrauten Haaren, wohnte erst seit einer Woche und auch nur vorübergehend im Dorf, besaß, soviel man wußte, ein nicht unbedeutendes Privatvermögen und bezeichnete sich selbst als Heimatforscher aus Leidenschaft. Die Langmaacks hatten ihm ein Zimmer vermietet. Erst vor drei Tagen war Herr von Haldern bei ihm gewesen und hatte um Einsicht in das Kirchen-

archiv gebeten. Pastor Falke konnte sich nur schlecht vorstellen, was ihn heute hierhergebracht haben konnte.
Dann war das Lied zu Ende. Der Gottesdienst begann nun, in ruhigeren Bahnen zu verlaufen, hatte seine Bewährungsprobe bestanden. Eine ruhige Atmosphäre der Konzentration schien sich auszubreiten. Oben auf der Empore war der Elektriker immer noch am Arbeiten, Falke ahnte es eher, als daß er ihn sah oder hörte.
„Liebe Gemeinde", er holte noch einmal tief Luft, der Moment für die Beerdigungspredigt war gekommen. Es war immer ein spannender Moment. War es ihm gelungen, etwas vom Wesen des Verstorbenen zu erfassen, hatte er Worte gefunden, deren Trost die Angehörigen zu erreichen vermochte? Er hoffte es, wußte es nicht. „. . . Es heißt, Abschied zu nehmen von Wilhelm Ahrholz. Siebenundachtzig Jahre ist er alt geworden . . ."
Er hatte ihn persönlich gekannt. In den dreieinhalb Jahren, die er jetzt Pastor dieser Gemeinde war, hatte er ihn regelmäßig zum Geburtstag besucht und war auch sonst das eine oder andere Mal bei den Ahrholzens gewesen. Ein stämmiger, für seine 87 Jahre erstaunlich kräftig wirkender Mann, so erinnerte er sich, der auch im Alter ganz der Hausvater und Hausherr war, den er wohl Zeit seines Lebens verkörpert hatte. Sein Sohn Asmus hatte es sicher nicht immer einfach mit seinem Vater gehabt, ebensowenig wie Elfriede, Wilhelm Ahrholzens Ehefrau, die vor zwei Jahren verstorben war. Zudem war Wilhelm, wie mehr hinter vorgehaltener Hand berichtet wurde, ein Choleriker reinsten Wassers gewesen, dessen plötzliche Ausbrüche von Jähzorn allgemein gefürchtet worden waren. Der Dorfklatsch wußte zu berichten, daß ein Knecht auf dem Ahrholzschen Hofe sich einmal nur durch einen Sprung in die Jauchegrube vor dem plötzlich entflammten Zorn des Hausherrn zu retten gewußt habe. Im Alter, als Falke ihn kennenlernte, waren diese Charakterzüge jedoch zurückgetreten, um einer immer häufiger werdenden grüblerischen Schwermut Platz zu machen. Vor drei Tagen nun war er friedlich in seinem Sessel eingeschlafen.
„. . . Geboren auf dem Hof, auf dem er auch sein Leben be-

enden sollte, war er einer der ganz wenigen verbliebenen alten Klein Hasenberger. Hier auf dem elterlichen Hof erlernte er die Landwirtschaft von Kindesbeinen an, hier lernte er 1933 seine Frau Elfriede kennen, die er drei Jahre später heiraten sollte. 1938 wurde ein Sohn geboren ..." Asmus Ahrholz kämpfte mit den Tränen, versuchte schon die ganze Zeit krampfhaft, das Weinen zu unterdrücken. „Die schreckliche Zeit des Krieges kam, doch blieb die junge Familie verschont, Wilhelm Ahrholz mußte nicht Soldat werden, die Aufrechterhaltung der bäuerlichen Produktion hatte in seinem Fall Vorrang vor dem Fronteinsatz. Was für ein Mann war Wilhelm Ahrholz? Ein Landwirt, das sicher zuerst, ein liebender Ehemann und Vater, ein strenger Hausherr, das wohl auch, und ein Mensch, der seine Heimat liebte. Durch die Not der dreißiger Jahre mit der Familienforschung in Berührung gekommen, wurde er zum Heimatforscher, der er Zeit seines Lebens blieb ..."
'Die Not der dreißiger Jahre ...' Wie nett sich alles formulieren läßt, dachte Falke. Trotzdem war es wahr, selbst in seinen letzten Jahren war die Heimat- und Familienforschung das einzige gewesen, was den Verstorbenen noch aus seiner immer weiter um sich greifenden Lethargie zu reißen schien. Selbst der Herr von Haldern hatte ihn einen Tag vor seinem Tode noch besucht.
„... ein Mann, der sich für dieses Dorf eingesetzt hat, der zur Stelle war, wenn Not am Mann war. Beinahe sechzig Jahre war er Mitglied der Freiwilligen Feuerwehr ..."
Ein tiefer Brummton, der mit einem Schlag die ganze Kirche erfüllte, ließ ihn verstummen. Sekunden später erstarb das Geräusch, dafür erschien Organist Moll am Rand der Empore und winkte ihm zu. Falke war erleichtert. Heddermann hatte es also doch noch geschafft. Überrascht stellte er fest, daß es seiner Gemeinde ähnlich zu ergehen schien, so, als ob ein lange erhoffter Trost nun doch noch Wahrheit geworden wäre. Beim nächsten Lied erfüllte ein so kräftiger Gesang die Kirche, daß Falke sich beinahe verwundert fragte, ob es sich noch um dieselbe Gemeinde handele.
Gebet, Aussegnung und Gesang folgten. Dann war der Got-

tesdienst in der Kirche zu Ende. Die Feuerwehrfahne voran, begleitet von Orgelklängen, folgte die Gemeinde dem Sarg in einem langen Zug auf den Friedhof nach. Draußen war es kalt, es mochten einige Grad unter Null sein, Falke fror. Der Sarg wurde in das Grab hinuntergelassen, das der Küster nur mit Mühe in der hartgefrorenen Erde hatte ausheben können, und einer nach dem anderen nahmen Angehörige und nahe Bekannte und Freunde ihren letzten Abschied von dem Verstorbenen.

Das ist immer der schwerste Moment, dachte er, dieser Weg zum offenen Grab. Ein unwiderruflicher Abschied, Erde zu Erde, in keinem anderen Augenblick wurde man sich der Vergänglichkeit so sehr bewußt wie hier. Falke stand eine ganze Weile still neben dem Grab, während die Angehörigen nacheinander an den Sarg herantraten und Abschied nahmen, schließlich, bevor die letzten Trauergäste Lebewohl gesagt hatten, löste er sich vom Grab und kehrte in die Kirche zurück, um sein Predigtbuch zu holen, das er auf dem Pult hatte liegengelassen. In der Sakristei stieß er auf den Küster.

„Was war denn nun los?“ wollte er wissen.

„Der verdammte Sicherungskasten!“ Langbehn wandte sich ihm zu. „Gestern abend muß jemand in der Kirche gewesen sein, der keine Ahnung hatte. Er muß die Hauptsicherung an- und ausgeschaltet haben.“

„Vermutlich der Missionsnähkreis“, vermutete Falke, „die alten Damen wollten, glaube ich, eine Sprechmotette für den nächsten Gottesdienst üben. Was ist denn mit dem Sicherungskasten?“

„Wenn die Hauptsicherung angeschaltet wird und das Orgelgebläse auf Betrieb gestellt ist, springt der Motorschutzschalter heraus. Das war passiert! Und der Schalter liegt im Inneren des Motorgehäuses. Heddermann mußte die ganze Verkleidung abbauen.“ „Es ist ja noch mal gutgegangen“, versuchte Falke, ihn zu beruhigen.

„Ach ja, und Heddermann hat gesagt, daß wir unbedingt etwas an den Kabeln machen müssen. Sie sind morsch, lebensgefährlich, hat er gesagt.“

„Ja, ja.“ Pastor Falke stand jetzt nicht der Sinn nach techni-

schen Details. Er hatte sich in den dreieinhalb Jahren seiner Amtszeit erst mühsam daran gewöhnen müssen, sich nach Beerdigungen und anderen Gottesdiensten häufig genug mit irgendwelchen banalen Dingen auseinanderzusetzen.
Er ließ den Küster stehen und ging hinaus. Nachdenklich ließ er noch einmal den Gottesdienst an sich vorüberziehen. Ihm schien, daß seine Worte die Angehörigen bewegt hatten. Und es war ja wirklich alles gutgegangen. Zufrieden schritt er auf das Pastorat zu. Er wußte nicht, daß er soeben zum ersten Mal in seinem Leben einen Mörder beerdigt hatte.

I.

Es war Mitte Januar. Draußen war es kalt, seit einigen Tagen waren in den Nächten wieder zehn Grad unter Null gemessen worden. Drinnen im Feuerwehrhaus saßen die Honoratioren Klein Hasenbergs versammelt, um das neue Jahr zu planen. Klein Hasenberg, das war ein Dorf in der Nähe Lübecks, wunderschön an der Trave gelegen, mit einer Kirche und einem Männergesangverein gesegnet. Klein Hasenberg war eine aktive Gemeinde.
„Nun laßt uns mal zu Potte kommen!“ Renate Roßmann, die Bürgermeisterin, eine schlanke, etwas knochig wirkende Frau Anfang der Fünfzig, sah sich in der Runde um. Direkt neben ihr saß Heiner Langmaack, Vorsitzender des Männergesangvereins ’Concordia 1894’ und stellvertretender Kirchenvorstandsvorsitzender, daneben Asmus Ahrholz, Kassenwart der Concordia, einen Platz weiter saß Klaus Meyer, Amtswehrführer und stellvertretender Bürgermeister, und neben ihm Klaus Meyer, der Wehrführer. Trotz der Namensgleichheit der beiden Letztgenannten waren die beiden jedoch grundverschieden, so daß eine Verwechslung praktisch ausgeschlossen war. Auch das Gerede von ’Klaus & Klaus’ war niemals aufgekommen. Den Abschluß der Runde bildeten Hinrich Hinrichsen, einfaches Mitglied im Gemeinderat, und Beate Zieh, die die Dorfgemeinschaft vertrat. Die Dorfgemeinschaft organisierte das alljährliche Kinderfest. Die Bür-

germeisterin selbst vertrat neben ihrem kommunalen Amt auch noch die Damengymnastikgruppe 'Die Reifen', was aber weder eine Anspielung auf die Gelenkigkeit der Damen noch auf das Alter der Mitglieder war. Alle waren anwesend, nur der Pastor fehlte.
„Kalender raus!“ befahl die Bürgermeisterin. Sie hatte die Runde fest im Griff. „Wo bleibt eigentlich Hochwürden?“
„Keine Ahnung.“
„Bescheid bekommen hat er“, beeilte sich Heiner Langmaack zu bemerken, „ich hab ihn gestern angerufen.“
„Er rief vorhin an“, ergänzte Asmus Ahrholz, „er kann nicht kommen. Heiner, du warst schon aus dem Haus, als er bei dir anklingelte.“
„Dann müssen wir eben ohne ihn anfangen. Heiner, hast du die Kirchentermine?“
„Ja.“
„Dann also los: Januar?“
Jeder hatte jetzt seinen Terminkalender aufgeschlagen.
„Zweiundzwanzigster: Dorfgemeinschaft, Vorbereitungstreffen. Im Feuerwehrhaus.“
„Sechsundzwanzigster: Jahreshauptversammlung der Feuerwehr.“
„Dreißigster: Winterabend der Concordia.“
„Noch mehr im Januar? Nein? Dann Februar.“
Sie gingen die Termine Monat für Monat durch. Kinderfest und Feuerwehrball, Müllsammeln in der Feldmark, Osterfeuer und Konfirmation, Sängerabend, Laternenumzug und Grünkohlessen, alles sprach dafür, daß es ein ganz normales Klein Hasenberger Jahr werden würde.
„Nun zu den Adventsfeiern. Müßt ihr eigentlich soviel schmöken?“ Seit Renate Roßmann vor zwei Wochen das Rauchen aufgegeben hatte, war sie zur entschiedenen Nikotingegnerin geworden. „Ich geb 'ne Runde aus.“
Hermann Ahrholz, Asmussens Sohn, der die ganze Zeit still im Hintergrund gesessen hatte, brachte eine weitere Runde Korn und Bier. Die Luft war rauchgeschwängert in dem kleinen Raum.
„Zweiter Advent die Kirchengemeinde“, meldete sich Heiner

Langmaack, „und die Concordia am Dritten.“
„Dann nimmt die Gemeinde den Vierten“, stellte Klaus Meyer, stellvertretender Bürgermeister, fest.
„Und die Feuerwehr den Ersten“, ergänzte Klaus Meyer, der Wehrführer.
„Was war eigentlich in der Silvesternacht los?“ wollte Hinrich Hinrichsen wissen. Er hatte die meiste Zeit geschwiegen. Mit einer dicken Brille belastet, zierlich in der Statur, war er von eher zurückhaltendem Charakter. „Ich habe die Sirene gehört.“
„Ach, das war nur ein brennender Busch“, entgegnete Klaus Meyer. Es war offensichtlich, daß nicht der Wehr-, sondern der Amtswehrführer sich für Fragen dieser Art für zuständig hielt. „Das Ausrücken lohnte überhaupt nicht. Aber - besser ist besser.“
„Hat ja lange nicht mehr gebrannt, ihr seid ja ganz aus der Übung.“ Beate Zieh war mit dreiunddreißig Jahren das jüngste Mitglied in diesem Gremium. Klaus Meyer sah sie empört an. „Und letzten Sommer? Andauernd hat das gebrannt bei der Trockenheit. An einem Tag mußten wir dreimal raus.“
„In zwei Wochen zehn Einsätze“, bemerkte Klaus Meyer, der Wehrführer, schüchtern.
„Ist ja alles gutgegangen.“ Asmus Ahrholz, ein handfester, etwas feister Mittfünfziger, sah zu Heiner Langmaack hinüber. „Was ist eigentlich mit eurer Orgel los? Das war ja wohl nichts auf Vaters Beerdigung vor vierzehn Tagen.“
„Die Orgel ist hin.“ Heiner Langmaack sah pessimistisch auf sein halbleeres Glas. „Da muß was geschehen.“
„Schmeißt das alte Ding doch raus.“ Asmus Ahrholz griente. „Das hat der alte Weber damals schon immer gesagt, als Pastor Lutscher den ganzen anderen alten Kram aus der Kirche geworfen hat. Erinnerst du dich noch?“
„Schade um die alten Sachen“, warf die Bürgermeisterin ein.
„Der alte Weber?“ Leben kam in den Amtswehrführer. „Das war doch der Wehrführer aus Süderwies. Wißt ihr noch, wie die zum Feuerwehrfest antreten sollten? Abteilung kehrt! hat er gebrüllt, wir haben die Fahne vergessen.“
„Und als wir in der Lilaweißen, ihr wißt doch, die große Fest-

halle, zusammen mit den Süderwiesern ..." Die kleine Gesellschaft verlor sich in ihren Erinnerungen. Weitere Runden wurden ausgeschenkt. Schließlich sah die Bürgermeisterin auf die Uhr. „Wieder spät geworden, wie immer. Schluß jetzt, Kinderchen, Zeit, nach Hause zu gehen." Sie warf noch einmal einen Blick auf den Terminkalender. Ein ganz normales Jahr wird es werden, dachte sie.

II.

„Du machst mich noch verrückt!" Annette Falke blickte von ihrer mit Skizzen überfüllten Arbeitsplatte auf. Überall auf dem Schreibtisch lagen Zeichnungen herum, Entwürfe mischten sich mit Bleistiften, Radiergummis und anderem Zeichenmaterial zu einem unübersichtlichen Durcheinander. An der Wand standen lange Regale, vollbepackt mit Tontöpfen, Bechern, Schalen und einigen Skulpturen. In einer Ecke stand eine zweite Arbeitsbank, davor eine Töpferscheibe. Annette war freiberufliche Töpferin.
„Und was mach ich jetzt mit dem Essen?" Daß er auch nie mitdenkt, dachte sie.
„Es tut mir leid." Frank Falke blickte schuldbewußt zu Boden. „Ich habe nicht daran gedacht. In den Terminkalender habe ich erst heute morgen gesehen, und da habe ich erst entdeckt, daß die alte Frau Hinrichsen heute ihren achtzigsten Geburtstag feiert. Tut mir leid, wirklich."
„Und der andere Geburtstag?"
„Die kenne ich noch nicht. Helene Wittig, sie feiert heute ihren fünfundsiebzigsten. Da war ich noch nie. Ich geh doch immer erst ab fünfundsiebzig, und ich glaube, sie ist mir auch sonst noch nicht begegnet. Jedenfalls weiß ich es nicht."
„Na gut." Sie seufzte. „Dann muß ich wohl das Essen einfrieren. Alleine essen bringt keinen Spaß. Ich mach mir einen Salat." Er blickte auf die Uhr. Viertel vor elf.
„Nein!" Wieder war dieser energische Tonfall in ihrer Stimme. „Nein. Jetzt gehst du noch nicht. Jetzt hast du Zeit für mich." Wider Erwarten mußte sie lächeln. „Ich wollte es

dir eigentlich beim Mittagessen erzählen. Dann erzähl ich dir's eben jetzt. Komm her."
Er nahm sie in die Arme, ging zurück und holte sich einen Stuhl. „Hast du den Auftrag bekommen?"
„Ja, ich hatte dir doch davon erzählt."
„Den von St. Markus? Den Totentanz?"
„Genau."
Normalerweise arbeitete sie nicht für Kirchengemeinden. Sie erinnerte sich noch gut, wie Propst Hansen bei der Einführung ihres Mannes auch ihren Beruf als für die Gemeinde nutzbringend zu würdigen versucht hatte. Begonnen hatte er mit dem Schöpfungswort: 'Da machte Gott der Herr den Menschen aus Erde', hatte sich aber dann, wie sie fand, heillos in dieser Anspielung verheddert. Freischaffende Künstlerinnen waren eben normalerweise keine Ehefrauen von Pastoren.
„Das ist schön." Er schaute sie nachdenklich an. „Warum hast du den Auftrag angenommen? Suchst du die Auseinandersetzung mit dem Tod?"
„Ich weiß nicht. Vielleicht habe ich Angst davor." Sie schüttelte den Kopf. „Guck dir lieber meine Entwürfe an." Sie schob ihm einen Stapel Zeichnungen hin. „Sie haben sie akzeptiert. Das ist das erste Mal, daß ich mich an diesem Thema versuche. Die Totentänze stammen aus dem Mittelalter, das weißt du ja. Der Tod spielt auf zum Tanz, und jeder, reich wie arm, gescheit und dumm, muß folgen." Sie lächelte. „Auch Geistliche. Damit wollte ich anfangen."
„Aus reiner Bosheit, nehme ich an." Er lachte.
„Ihr mit eurem erhabenen Getue, eurem schwarzen Talar, mit eurer Unnahbarkeit. Dabei habt ihr genauso Angst vor dem Tod wie alle anderen."
„Das ist wahr", gab er zu.
„Ich habe aber mit einem Musiker angefangen", beruhigte sie ihn. „Schau ihn dir an."
Er betrachtete die Zeichnung genauer. Ein Gitarre spielender Mann war zu sehen, der von einer skelettösen Hand an der Schulter berührt wurde.
„Das ist erst der Anfang. Die anderen Figuren kommen noch." Totentänze bestanden in der Regel aus einer Reihe von

Figuren, die vom Tod heimgeholt wurden. St. Markus hatte diese Figurengruppe für seine Friedhofskapelle bestellt. Ein durchaus ungewöhnlicher Auftrag.
„Ich weiß nicht." Er stand auf und ging zum Fenster. „Irgend etwas gefällt mir daran nicht. Nicht an deiner Arbeit, das weißt du. Ich meine das Thema. Schon als du die Anfrage erhalten hast, war mir irgendwie komisch zumute. Der Tod ruft die Lebenden ... Ich bin mir nicht sicher, ob ..." Er brach mitten im Satz ab. „Jetzt muß ich aber los", er schaute auf die Uhr, „zehn nach elf, ich schaffe das sonst nicht. Ich weiß noch nicht, wann ich zurückkomme. Wahrscheinlich irgendwann zwischen eins und zwei." Er schlüpfte in sein Jackett und ging hinunter, die beiden Geburtstagsbücher zu holen.
„Laß es dir schmecken", rief sie ihm nach, „und denk nicht soviel." An der Tür klingelte es.
Wer ist das denn, dachte er unwirsch. Immer wenn man es eilig hat. An der Tür stand der Orgelbauer. Er hatte ihn ganz vergessen. Jules Margaard, Orgelbaumeister der Firma Marcussen, war schon am frühen Morgen bei ihm erschienen. Falke hatte ihm den Schlüssel für die Kirche gegeben, und Margaard war hinübergegangen, um die Orgel zu untersuchen. Marcussen war eine dänische Firma, eine der drei, die an der Ausschreibung zur Orgelsanierung teilnahmen.
Der Kirchenvorstand hatte inzwischen beschlossen, Kostenvoranschläge für die Sanierung der Orgel einzuholen, und der Sachverständige hatte die Werkstätten vorgeschlagen, die damit beauftragt werden sollten. Marcussen hatte ihre Teilnahme der Tatsache zu verdanken, daß sie vor rund hundert Jahren die Orgel erbaut hatte. Damals war Apenrade, in dem die Firma beheimatet war, noch deutsch gewesen.
„Ich bin fertig", sagte der Orgelbauer in seinem angenehmen dänischen Akzent.
„Schön." Frank Falke war nicht bei der Sache. „Wir erhalten dann Ihr Angebot, nicht wahr?"
„In vierzehn Tagen", versprach der Orgelbauer.
„Danke und gute Fahrt." Er wollte aus der Tür gehen.
„Einen Moment noch."
„Ja?"

„Ich habe noch etwas gefunden." Er öffnete seine Tasche und holte eine goldene Uhr heraus. Es war eine alte Uhr an einer Kette, mit einem Deckel zum Aufklappen.
„Bestimmt ein wertvolles Stück, sie lag auf dem Registerbrett." Der Orgelbauer lächelte. „Zwischen zwei tiefen Prinzipalpfeifen", fügte er noch hinzu.
„Danke." Gedankenlos nahm Falke sie in Empfang. „Und nochmals gute Fahrt."
Er selbst ging ebenfalls zu seinem Wagen. Wie alle Landgemeinden war Klein Hasenberg von nicht unbedeutender räumlicher Ausdehnung, ohne Auto war da nichts zu machen. Falke startete den Wagen und fuhr den Kirchberg hinunter. Kirchberg - von der Geest stammend, hatte er sich erst an die hügelige Landschaft Ostholsteins gewöhnen müssen, ein Prozeß, der lange noch nicht abgeschlossen war. Trotzdem gefiel es ihm von Jahr zu Jahr besser hier, wurde ihm seine Gemeinde immer vertrauter. Sieben Dörfer gehörten zu seinem Bezirk, Klein Hasenberg selbst, Groß Hasenberg, das ehemalige Gut Richthof, Garnitz und Süderwies sowie die beiden kleinen Ansiedlungen Klein Hasenberg Bahnhof und Groß Hasenberg Eintopf. Wie es zu diesem letzten Namen gekommen war, hatte ihm bisher niemand sagen können. Auch Wilhelm Ahrholz nicht, wie ihm einfiel.
Er ging noch einmal im Kopf alles durch, was er über Helene Wittig wußte. Viel war es nicht. Laut ihrer Karteikarte war sie nicht verheiratet, hatte aber 1946 einen Sohn geboren, der jedoch schon vor vielen Jahren ausgezogen war. Sie selbst war in Glückhoff geboren, einem Dorf aus der näheren Umgebung. Jetzt lebte sie in Groß Hasenberg.
Franke sah auf die Adresse, Dorfstraße 16, es mußte sich um die ehemalige Fleischerei handeln, ein großes, langgestrecktes Gebäude, das sich von der Straße weg weit in die Felder hineinschob. Früher muß es einmal ein herrschaftliches Haus gewesen sein, dachte er, jetzt machte es eher einen heruntergekommenen Eindruck.
Falke parkte den Wagen, stieg aus. Am Türschild waren mehrere Namen vermerkt, aber der von Helene Wittig war nicht darunter. Aufs Geratewohl drückte er auf eine der Klingeln.

„Ja?“ Ein etwas ungepflegt wirkender, etwa sechzigjähriger Mann erschien. „Sie wünschen?“
„Pastor Falke“, stellte er sich vor und bemühte sich, seine Stimme fröhlich klingen zu lassen, „ich möchte Frau Wittig zum Geburtstag gratulieren.“
„Die Wittig? Da sind Sie falsch, Pastor. Da unten“, er deutete die Auffahrt hinunter auf eine im Souterrain gelegene Tür, „da unten wohnt die. Wußte gar nicht, daß die Geburtstag hat.“
Falke verabschiedete sich höflich, schritt die Auffahrt hinunter. Das Gelände führte von der Straße herunter in eine Senke, so daß die anfängliche Kelleretage sich zum Souterrain verwandelte. Vor der Tür, die ihm der Mann gezeigt hatte, blieb er stehen. Weder ein Namensschild noch eine Klingel verrieten, daß es sich hier um den Eingang zu einer Wohnung handelte. Vorsichtig klopfte er an.
Sekunden später öffnete sich die Tür. Eine alt wirkende Frau, am Stock gehend, mit gebeugtem Rücken, deren auffälligstes Merkmal ihre wirren weißen Haare waren, sah ihn fragend an. „Herzlichen Glückwunsch zum Geburtstag, Frau Wittig!“ Als sie ihn weiter anstarrte, fügte er hinzu: „Ich bin der Pastor, Pastor Falke, der Neue, wissen Sie.“ Auch nach dreieinhalb Jahren mußte er das noch oft genug sagen.
Jetzt erst schien sie zu begreifen. „Ach so - der Pastor, o wie schön.“ Sie drehte sich um. „Kommen Sie.“
Er folgte ihr ins Innere. Drinnen sah es erbärmlich aus, wie Falke auf den ersten Blick wahrnahm. Alles sprach dafür, daß ihre ganze Wohnung aus diesem einen, etwa 16 Quadratmeter großen Zimmer bestand, in dem er sich befand. Durch ein kleines Fenster fiel etwas Licht hinein, genug, um die Hoffnungslosigkeit der Umgebung erkennen zu lassen. Trotzdem brannte eine elektrische Glühbirne, die von der Decke baumelte. Franke war erschrocken, und mehr aus instinktiver Abwehr denn aus Interesse begann er, das Zimmer eingehender zu betrachten. Am auffälligsten waren die Tapeten. Sie mußten uralt sein, wellten sich unter der Nässe der Wände, blätterten an vielen Stellen von der Wand ab. An manchen Stellen hatte sie versucht, die sich lösende Tapete mit den

verschiedensten Gegenständen an der Wand festzuhalten, ein alter Schirm hatte dafür herhalten müssen ebenso wie die Kohleschaufel. Alles machte einen heruntergekommenen Eindruck. Neben dem großen Wäscheschrank stand der Kühlschrank, auf ihm eine einzelne Kochplatte, daneben einige Kochutensilien, ein Stück weiter eine kleine Waschecke. Am erschreckendsten aber war die Tatsache, daß sie allem Anschein nach kein eigenes Bett besaß. Auf einer uralten Sofacouch, noch älter als die Tapeten, war ihr Bettzeug ausgebreitet. Sie räumte es, so schnell sie konnte, beiseite.
„Setzen Sie sich doch, Herr Doktor, setzen Sie sich."
„Der Pastor", verbesserte Falke.
„Ach ja." Sie ging zum Kühlschrank und holte einen vorbereiteten Teller hervor. „Ich bin ein bißchen tüdelig." Sie stellte ihm den Teller mit der Wurstschnitte auf das Sofatischchen. „Aber nicht krank!" Ihre Stimme hatte urplötzlich einen scharfen Klang bekommen. Sie sah ihn an. „Ich bin nicht krank! Ganz gesund bin ich!"
„Aber sicher", versuchte der Pastor, sie zu beruhigen, „wer sagt das denn?"
Sie schüttelte den Kopf.
„Ob mein Mann wohl bald wiederkommt?"
„Ihr Mann?"
„Vermißt ist er. In Rußland ..." Sie machte eine unbestimmte Handbewegung. „Weit, weit weg. Seit 45, Herr Doktor."
„Herr Pastor", warf er ein.
Sie begann zu flüstern. „Wenn mein Mann noch da wäre, wären sie nicht alle so böse zu mir."
„Aber wer will Ihnen denn etwas Böses, Frau Wittig?" Er legte seine ganze Liebenswürdigkeit in den Satz. Sie winkte ihn mit dem Finger heran. „Asmus sagt, ich hätte ihm eine Kuh gestohlen", flüsterte sie, „und als bei Heiner Langmaack der Schafstall brannte, war ich das auch."
Sie rückte wieder ein Stück ab, ihre Augen wirkten wirr, desorientiert. „Schön, daß Sie da waren, Herr Doktor. Essen Sie doch, essen Sie!"
Falke gab es auf, sie zu korrigieren. „Bekommen Sie noch

Besuch zu Ihrem Geburtstag?" versuchte er, einen neuen Gesprächsfaden aufzubauen.
„Keiner." Erneut schüttelte sie den Kopf. „Keiner, Herr Pastor. Essen Sie doch!"
„Und Ihr Sohn? Sie haben doch einen Sohn, Frau Wittig, nicht wahr?"
Helene Wittig erstarrte, schluckte, eine Träne rollte über ihre Wange.
„Hartmut ist tot", sagte sie langsam. Sie sprach ins Leere hinein. „Mein Hartmut ist nicht mehr. Hartmut ist jetzt im Himmel, Herr Pastor."
Falke beugte sich zu ihr vor. „Mögen Sie ein wenig erzählen, Frau Wittig, von Ihrem Mann und von Hartmut?"
Sie nickte. „Es hört so selten einer zu, Herr Pastor, keiner kommt zu mir. Dabei kennen mich doch alle. Aber keiner kommt, alle sind böse."
„Wie war das mit Ihrem Mann?" fragte er sanft.
„Wir waren nur verlobt, aber wir wollten heiraten, sobald der Krieg zu Ende ist. Er mußte noch einmal weg, und - und er ist nie wiedergekommen. Und dann kam Hartmut. Ganz allein. Ich habe ihn groß gemacht, mit meinen eigenen Händen." Sie hob ihre Hände in die Höhe. „Die haben schon viel gesehen, Herr Doktor. Aber ein Jung braucht doch einen Vater. Und nun ist er nicht mehr." „Hatte er einen Unfall?"
„J . . .j . . .a", sie zögerte, sah sich ängstlich in ihrem Zimmer um. Dann blickte sie wieder zu Falke. „Ihnen kann ich es ja sagen, Herr Pastor, es redet ja auch keiner mit mir. Er hat sich . . .", sie schnitt mit der Handkante an ihrer Kehle entlang, „einfach . . . rrgh. Der Vater fehlte ihm . . . Ich bin doch kein Vater." „Das tut mir leid", murmelte Falke, „wie lange ist das her?" „Zehn Jahre, übermorgen sind es zehn Jahre. Tut das ein lieber Sohn?"
Falke schwieg.
„Möchten Sie noch etwas essen?"
„Nein danke." Er hatte aufgegessen, schaute jetzt auf seine Uhr. „Ich muß weiter, Frau Wittig, leider. Es wartet noch ein Geburtstagskind auf mich." Er sah sie sehr ernst an. „Ich schaue mal wieder herein, wenn ich darf. Einverstanden?"

III.

Der Geburtstag war in vollem Gange, alle Gäste waren erschienen.
Daß nur der Pastor nicht kommt, dachte sie betrübt.
„Reg dich nicht auf", sagte Magda Martens, Magda Hinrichsens beste Freundin, auch sie in den Achtzigern, „der kommt noch." Magda und Magda waren ein unzertrennliches Paar, bekannt im ganzen Dorf, Magda Hinrichsen rundlich und korpulent, Magda Martens knochig und hager. 'Dick und dünn' wurden sie auch manchmal vom Dorf genannt, und durch dick und dünn waren sie auch schon miteinander gegangen. Sie kannten einander rund ein halbes Jahrhundert.
„Aber bei meinem Siebenundsiebzigsten war er auch nicht da."
„Da war er weg, glaube ich, mit der Jugend oder so." Sie grinste. „Erinnerst du dich noch an Pastor Lutscher?"
„Aber sicher."
„Und weißt du noch, wie die Männer ihn einmal nach Hause tragen mußten, weil er im Vereinshaus zuviel getrunken hatte? Mit der Schiebkarre haben sie ihn gebracht." Die beiden kicherten. An der Tür klingelte es.
„Hinrich, Besuch!" rief Magda Hinrichsen ihrem Sohn zu. Der so Angesprochene erhob sich pflichtschuldigst. Pastor Falke kam herein.
„Herzlichen Glückwunsch, liebe Frau Hinrichsen, zu Ihrem achtzigsten Geburtstag, und alles Gute und vor allen Dingen Gesundheit!"
„Ach Pastorchen!" Sie erhob sich, umarmte ihn, drückte ihm einen Kuß auf die Wange. Ein lieber Pastor, dachte sie, wenn er auch noch so jung ist. Und sicher - sein Bart hätte mal wieder geschnitten und seine Schuhe geputzt werden können. Daß sich seine Frau auch gar nicht darum kümmerte. Aber Magda Hinrichsen hatte ein weites Herz.
„Macht mal Platz für den Pastor", rief sie der versammelten Gesellschaft zu. Die Runde rückte zusammen, ein Stuhl wurde geholt, und Pastor Falke kam zwischen Asmus Ahrholz und Heiner Langmaack zum Sitzen.

„Na, Pastorchen, wie geht's?"
Der Pastor wirkte verlegen. „Gut", antwortete er.
„Gebt ihm doch was zu trinken." Hinrich Hinrichsen beeilte sich. Ein guter Sohn, dachte Magda, und immer ist er für mich da. Gleich nach Feierabend. Hinrich Hinrichsen arbeitete in einem Tapetengeschäft, Landwirtschaft wurde auf dem Hof schon lange nicht mehr betrieben.
Ein Räuspern war zu hören. Renate Roßmann, die zu den runden Geburtstagen ihrer Gemeindemitglieder ebenfalls erschien, erhob sich, ihr Glas in der Hand haltend.
„Liebe Magda", begann sie feierlich.
„Du bist das zäheste Luder, das wir überhaupt haben."
Alles lachte. Die Bürgermeisterin war für ihre treffsicheren, handfesten Reden bekannt. „Ich weiß noch genau, vor zwei Jahren, als du die schwere Operation hattest und im Krankenhaus lagst und ich dich besuchen wollte. Ich brauchte gar nicht erst nach dem Zimmer zu fragen. Du warst schon meilenweit zu hören. Was hast du gesungen? 'Es geht alles vorüber, es geht alles vorbei.' Mit dem Gesang hast du das ja sowieso. Ihr wißt ja", Renate Roßmann blickte sich in der Runde um, „daß Magda einen Tag nach mir Geburtstag hat. Und jedesmal nachts um zwölf stehen wir vor deiner Tür und singen. Und was machst du, du altes Weib? Liegst du im Bett? Nichts da, du wartest, um mit uns zu singen. 'Geh aus mein Herz und suche Freud', Magda, das ist ja dein Lieblingslied. Und, liebe Magda, genau das wünsche ich dir, in allen deinen weiteren Jahren. Noch viel Freude, und daß du noch viel singen und ausgehen mögest. Prost!"
Die Gesellschaft stieß auf die Jubilarin an. Wie schön sie das immer macht, dachte diese. Ob der Pastor wohl auch noch etwas sagt? Der aber machte keine Anstalten dazu. Statt dessen hörte sie, wie er von Heiner Langmaack gefragt wurde:
„Na, Herr Pastor, was ist denn nun mit unserer Orgel?"
„Sei lieber still, Heiner." Asmus Ahrholz, der die Frage gehört hatte, grinste. „Sonst weiß er gleich, wie lange du nicht mehr in der Kirche gewesen bist. Mein Vater wurde doch schon vor zwei Monaten beerdigt."
„Zur Zeit geht sie", sagte Falke ungewohnt steif. „In zwei

Wochen haben wir Kirchenvorstandssitzung, Herr Langmaack, da müssen wir dann über die Renovierung der Orgel sprechen. Die Orgelbauer waren inzwischen alle da."
„Oh, das wird teuer werden", unkte Heiner Langmaack.
„Apropos Beerdigung", fiel Asmus Ahrholz wieder dazwischen, „Heiner, erinnerst du dich noch an Pastor Niemann? Das war Ihr Vorvorgänger", erläuterte er, zu Falke gewandt.
„Du meinst die Geschichte mit dem Sarg?"
„Genau." Das Grinsen auf Asmus Ahrholzens Gesicht verstärkte sich. „Wissen Sie, Herr Pastor, früher war das ja noch üblich, daß die Nachbarschaft den Sarg getragen hat, wenn einer aus dem Dorf verstarb. Das hat es noch bis vor fünfzehn Jahren gegeben. Und als Heiner sein Cousin verstarb, war das auch so. Da hatten wir aber schon den kleinen Sargwagen, der Sarg wird ja jetzt geschoben auf dem Wagen und nicht mehr zum Grab getragen - jedenfalls, was ich sagen wollte, damals hatte das mehrere Tage lang geregnet, und der Boden war völlig aufgeweicht. Da haben wir dann beschlossen, Heiner war dabei, Hinrich, ich und noch einige, den Sarg die ganze Zeit zu tragen und nicht den Wagen zu benutzen, der wäre ja in dem Schlamm steckengeblieben, und Heiner sein Cousin war auch ein schwerer Brocken. Nur dem Pastor hatten wir leider nichts gesagt. Wie wir nun aus der Kirche rauskommen, steht der Wagen da, wir alle den Arm steifgemacht und den Sarg drüberweg und weitergegangen. Wie der alte Niemann das sieht, packt er den Wagen und schiebt hinterher. Wir also noch 'nen Stück schneller gegangen, und der Pastor noch'nen Stück schneller mit dem Wagen hinterher. War ein richtiges Wettrennen. Vorneweg wir mit Heiner sein Cousin, und hintendrein der Pastor mit dem Wagen. Zum Schluß haben wir aber aufgegeben, war ja doch 'ne Beerdigung, ich meine, da muß ja auch noch 'ne gewisse Würde bleiben. Wir sind natürlich auch prompt mit dem Wagen steckengeblieben." Er sah den Pastor fragend an. „Sie können doch Spaß verstehen, oder?"
Frank Falke nickte. Steifheit schien ihn befallen zu haben. Der arme Pastor, dachte Magda Hinrichsen. Sie wandte sich wieder ihrer Freundin zu.

„Daß die auch immer nur Dummheiten im Kopf haben."
„Wir sind doch auch nicht besser", Magda Martens lachte. „Weißt du noch, wie wir ..."
„Einen Augenblick", unterbrach sie das Geburtstagskind, „Hinrich, wo bleibt das Essen?"
„Schon unterwegs!" kam die Antwort aus der Küche.
Das Essen wurde aufgetragen. Es gab Braten mit Gemüse, und nach der Stille, die plötzlich im Raum herrschte, schien es allen hervorragend zu schmecken. Was für ein schöner Geburtstag, dachte sie.
Dann war das Essen zu Ende, die Teller wurden abgeräumt, neue Getränke gereicht.
„Für mich nicht mehr", wehrte sich Pastor Falke, „danke, ich muß gleich weiter." Er griff in seine Tasche. „Oh", sagte er, „die habe ich ganz vergessen." In der Hand hielt er die goldene Uhr, die ihm der Orgelbauer gegeben hatte.
„Schönes Stück haben Sie da", bemerkte Heiner Langmaack.
„Das ist nicht meine. Der Orgelbauer hat sie in der Orgel gefunden. Wissen Sie, wem sie gehört?"
Er reichte ihm die Uhr. Heiner Langmaack klappte den Deckel auf. In der Innenseite des Deckels war ein altes Foto einer jungen Frau zu sehen. Die Uhr hatte ohne Zweifel ein gewisses Alter.
„Keine Ahnung", entgegnete Heiner Langmaack. „Die ist bestimmt wertvoll, Herr Pastor."
„Kann ich sie einmal sehen?" wurde aus der Runde gefragt. Die Uhr wanderte von Hand zu Hand.
Kann das sein, dachte Magda Hinrichsen, kann das wirklich sein? Eine ungewisse Ahnung überkam sie. Dann hielt sie die Uhr in der Hand. Sie betrachtete sie genauer, drehte sie um. Tatsächlich, da war es. Wehmut überkam sie. 'AP' war in den Uhrenboden eingraviert: August Paneck. Sie schluckte noch einmal, räusperte sich.
„Ach Pastorchen", seufzte sie, „wie sind Sie bloß zu der Uhr gekommen?"
Falke sah sie neugierig an. „Wissen Sie, wem die Uhr gehört?" Magda Hinrichsen nickte. „Dem Panecke." Sie blickte in die Runde. „August Paneck, erinnert ihr euch noch?" Für

einen Moment herrschte Stille.
„August Paneck?“ Magda Martens schien unangenehm berührt. „Das war der Lateinlehrer und Organist ...“ Sie schaute ihre Freundin nachdenklich an. „Der war aber nur kurz da, Magda.“
Sie nickte. Ja leider, dachte sie.
„Mein Vater hat mir von dem erzählt“, mischte sich jetzt Heiner Langmaack ein, „das war doch einer der Flüchtlinge. Ist das nicht der, der so plötzlich verschwunden ist?“
„Wenn er Organist war, erklärt das ja, warum seine Uhr in die Orgel gekommen ist.“ Pastor Falke stand auf. „Soll ich Ihnen die Uhr eine Weile dalassen, Frau Hinrichsen? Ich muß jetzt leider wirklich los.“
Sie schüttelte den Kopf. „Nein, Pastorchen, nehmen Sie sie mit. Wer weiß, wie es dem Panecke jetzt geht. War ein netter Kerl.“ Abends, als die Gäste gegangen waren, saß Magda Hinrichsen noch lange in ihrem Sessel. Nun bist du also doch wieder aufgetaucht, gewissermaßen, dachte sie. Sie erinnerte sich noch gut an die Zeit damals, an die Flucht, an ihre Ankunft hier in Klein Hasenberg, wie sie bei den Hinrichsens untergebracht war, allein, ihre kleine Tochter war auf der Flucht gestorben, der Mann im Krieg gefallen. Vier Jahre später hatte sie Emil Hinrichsen, den Hoferben, geheiratet. Hinrich war wenige Wochen später geboren worden. Damals hatte es viel böses Blut deswegen gegeben. Aber das war vergessen und vergeben. Leider war Emil früh gestorben, Hinrich war damals sieben. Sie seufzte, erinnerte sich nur ungern daran. Aber vorher, vor ihrem Emil, da hatte es den August Paneck gegeben. Einen Monat nach ihr, im März ’45, war er hier aufgetaucht, wie sie aus Ostpreußen stammend, bei den Ahrholzens war er untergebracht, aber er war kein gewöhnlicher Flüchtling wie die anderen, nein - im Stillen mußte sie lachen - der August Paneck war schon etwas Besonderes gewesen. Ein gebildeter Mann, und so schöne Manieren. Sie waren fast im gleichen Alter gewesen, und sie hatte sich in ihn verliebt. Magda Martens war die einzige, der sie jemals davon erzählt hatte. Und überall beliebt war er gewesen im Dorf, sofern man das damals als Flüchtling sein konnte, und Pastor Böhme

hatte ihn gebeten, die Orgel zu spielen, weil der alte Organist kurz vorher verstorben war, und Paneck hatte sofort ja gesagt, obwohl die Partei das gar nicht gerne sah, jedenfalls bis zum Mai. Und er konnte spielen, herrlich spielen, und sie hatten zusammen gesungen - sie merkte, wie Wehmut erneut ihr Herz erfaßte - und klug war er auch, aber von Latein verstand sie ja nichts. Und dann, ganz plötzlich, im August '45 war er weg, ohne auch nur irgend jemand zu sagen, wohin er gegangen war. Niemand hatte ihn mehr gesehen oder auch nur von ihm gehört. Die Uhr vom Paneck, dachte sie, was wohl aus ihm geworden ist? Und dann, ganz leise, gab es noch eine weitere Frage. Wer war die Frau in dem Uhrdeckel? Magda fiel ihr ein. Vielleicht wußte Magda etwas?

IV.

Johanna König war entnervt. Hätte ich bloß meinen Mund gehalten, dachte sie. Seit einer Dreiviertelstunde stritt sich der Kirchenvorstand über die Frage der Außenbegrünung des Gemeindehauses. Sie hatte vorgeschlagen, die Außenwände des neuen Gemeindehauses mit einigen Kletterpflanzen zu begrünen, nicht ahnend, welche Debatte sie damit auslösen würde. Vor allem die Herren wehrten sich vehement dagegen. Kletterpflanzen zerstörten die Häuser, so lautete ihr Hauptargument. Aber das war völliger Unsinn, zahlreiche Untersuchungen bewiesen das genaue Gegenteil.

„... und in der Schweriner Straße kenne ich ein Haus, das ist vom Efeu völlig ruiniert worden", führte Langbehn gerade aus. Alfred Langbehn, der Küster, war ebenfalls Mitglied im Kirchenvorstand. „So große Risse", er öffnete die Hand, „so große Risse hat das Haus bekommen. Alles von dem verdammten Efeu."

„Das ist doch nicht wahr!" fuhr sie dazwischen. Sie bemühte sich, ihren Ärger herunterzuschlucken. Wenn sie sich ihren Emotionen auslieferte, war sie hilflos verloren in diesem Gremium. „Efeu geht nur in Risse, die bereits vorhanden sind. Kletterpflanzen treiben keine Risse in Häuser", fügte sie in

einem weit sachlicheren Tonfall hinzu.
„Wenn es ein altes Haus wäre, würde ich ja sagen, laßt es uns machen, Leute", meldete sich Heiner Langmaack zu Wort, „aber unser Haus hier ist doch neu. Was ist, wenn Schäden auftreten? Dann heißt es überall: Seht ihr, der Efeu. Ihr seid selbst schuld. Nein, ich schlage vor, daß wir noch etwas warten damit." Heiner Langmaack suchte gerne Kompromisse. Pastor Falke schaltete sich ein. Johanna König hatte vorher mit ihm über die Angelegenheit gesprochen, sie wußte, daß auch er für die Begrünung war.
„In Anbetracht all der Unklarheiten schlage ich vor, die Entscheidung zu vertagen."
Wahrscheinlich ist es das Beste, dachte sie, besser noch als ein klares Nein. Der Vorschlag wurde allgemein begrüßt.
„Als nächster Punkt steht die Restaurierung unserer Orgel auf unserem Plan. Herr Moll, darf ich Sie bitten, uns dazu etwas zu sagen."
Sebastian Moll, nebenamtlicher Organist der Kirchengemeinde, ein kleiner, rundlicher Mann in den Vierzigern, hatte die ganze Zeit still dabeigesessen. Im Hauptberuf betrieb er mit seiner Frau einen kleinen Briefmarkenladen in der nahegelegenen Großstadt, im Nebenberuf, auf Abruf gewissermaßen, war er Organist der Kirchengemeinde. Jetzt ergriff er das Wort:
„Meine Damen und Herren", begann er mit unsicherer, hoher Stimme, „wie Sie alle wissen, ist eine Überholung unserer Orgel unumgänglich. Den Bericht des Orgelsachverständigen haben Sie alle vor sich liegen." Allgemeines Nicken. Moll begann, etwas sicherer zu werden, fand zu seiner gewohnten Tonlage zurück. „In dem Bericht wird - völlig zu Recht - festgestellt, daß diese Orgel beinahe unspielbar geworden ist. Da ist unter anderem die erhebliche Verschmutzung zu nennen, Undichtigkeiten in windführenden Teilen, Mängel der Intonation und der Stimmung . . ."
Der Kirchenvorstand, bis auf eine Ausnahme samt und sonders musikalische Laien, hörte höflich zu. „. . . Um nun zur Geschichte der Orgel zu kommen: Sie wissen, daß sie 1885, ein Jahr nach der Fertigstellung der Kirche, durch Marcussen

aus Apenrade erbaut wurde. Es handelt sich um eine romantische Orgel, die gewissermaßen den Abschluß einer Orgelbauepoche darstellt. Mit zwölf Stimmen ist sie recht klein geraten, gerade ausreichend für den Kirchenraum, wie schon damals festgestellt wurde. Der Aufbau der Orgel ...“
Moll verlor sich in irgendwelchen technischen Details. „... Interessanterweise hat im Juli 1945 der damalige Organist Paneck schon eine Eingabe an den Kirchenvorstand eingereicht, in dem er bat, das zweite Manual durch drei Stimmen zu erweitern. Dieser Plan ist aber wohl niemals aufgegriffen worden ...“
Johanna König sah, daß Heiner Langmaack vielsagend zu Pastor Falke hinüberblickte. Auch Organist Moll bemerkte es. Er unterbrach seinen Redefluß. „Was ist los?“ wollte er wissen.
„Ich habe seine Uhr“, antwortete Falke, „die Uhr des August Paneck.“
„Die Uhr? Was für eine Uhr?“
„Die goldene Uhr des Organisten Paneck“, erläuterte Falke, „lag in der Orgel. Der Orgelbauer von Marcussen, der vor vierzehn Tagen hier war, hat sie gefunden und mir gegeben. Verstehen Sie? Paneck war übrigens nur für einige Monate Organist in Klein Hasenberg. Deshalb ist wohl auch seine Eingabe nie weiter verfolgt worden, denn es scheint, daß Paneck im August ’45 spurlos verschwand. Aber“, er hielt inne, „das sind Nebensächlichkeiten. Fahren Sie fort, Herr Moll.“
Der Organist räusperte sich. „Also nun, im Jahre 1962 wurde die Orgel dann tatsächlich durch die Firma Klimper & Sohn umgebaut, leider, wie wir heute feststellen müssen. Man meinte, die Orgel unbedingt verbessern zu müssen. Gott sei Dank ist aber hinreichend Originalsubstanz übriggeblieben, daß eine Restaurierung der Orgel lohnend ist. Drei Firmen haben sich an der Ausschreibung beteiligt, deren Angebote vorliegen. Marcussen schlägt vor ...“ Wieder erging er sich in technischen Details.
„Um einmal auf den Punkt zu kommen“, unterbrach ihn Heiner Langmaack, „wieviel wird das Ganze denn kosten?“
„200.000 DM“, entgegnete Moll ungerührt. „Alle Angebote

bewegen sich um diese Summe herum."
Mit einem Schlag war der Kirchenvorstand hellwach.
„Das können wir niemals bezahlen. Habe ich das nicht gesagt, Herr Pastor?" Heiner Langmaack lehnte sich befriedigt in seinem Stuhl zurück. „Nächster Punkt."
„Moment." Falke, der die Summe wohl schon vorher gekannt hatte, sah die Anwesenden an. „Wir müssen etwas tun an der Orgel. In ein paar Jahren wird sie gar nicht mehr spielen, und das geht nicht. 30.000 DM könnten wir aus unserem Haushalt beisteuern. Ich schlage deshalb einen Spendenaufruf vor." Er sah sich prüfend in der Runde um. „Vor allen Dingen brauchen wir Ideen." 200.000 DM für eine Orgel, dachte Johanna König, was für eine Summe. Was konnte man alles Sinnvolles mit soviel Geld anstellen. Gab es denn nicht genug Elend auf dieser Welt, als daß eine Kirche, die sowieso viel zu selten besucht wurde - Johanna König, die zu den regelmäßigen Kirchgängern gehörte, konnte ein Lied davon singen - als daß solch eine Kirche soviel Geld für eine Orgel ausgab? War die Erhaltung einer Orgel wirklich diese Summe wert? Sie dachte an ihre Kinder. Ein Kindergarten war dringend notwendig und ein Diakon für die Jugendarbeit, aber doch keine Orgel. Sie war neugierig, was ihr Mann wohl dazu sagen würde.
„Man könnte ein Kochbuch herausgeben", kam ein Vorschlag, „und der Gewinn geht dann an die Orgel."
„Oder einen Kriminalroman."
„So ein Unsinn. Aber der Pastor hat recht", mischte sich Heiner Langmaack jetzt wieder ein. „Laßt uns noch etwas warten."
Eine Wahnsinnssumme, dachte Johanna König.
Die Diskussion tobte noch eine Weile. Dann war der Tagesordnungspunkt 'Orgel' abgeschlossen. Organist Moll verließ beleidigt die Sitzung. Nachdem die Summe genannt worden war, war das Interesse an der Schönheit der Orgel, die vorher schon kaum jemanden berührt zu haben schien, bei allen Anwesenden nahezu schlagartig verstummt. Die vereinigte Aufmerksamkeit des gesamten Vorstandes hatte sich danach nur noch auf die Frage bezogen, mit welchen völlig neuen Ideen das Geld für die Sanierung besorgt werden könne. Mu-

sikalische Fragen waren nicht mehr zur Sprache gekommen.
Johanna König sah auf ihren Zettel. Ein letzter Tagesordnungspunkt war noch abzuhaken. Pastor Falke rief 'Verschiedenes' auf. Eine Sache hatte sie auch, die angesprochen werden mußte.
„Ich hätte da etwas." Alfred Langbehn meldete sich zu Wort. „Gestern abend muß jemand die Kerzen aus dem letzten Leuchter in der Kirche geklaut haben. Ich weiß nicht, vielleicht war es der Chor."
Jutta Fröhlich, einziges Chormitglied im Kirchenvorstand, die sich bisher weitgehend zurückgehalten hatte, zuckte zusammen.
„Der Chor stiehlt keine Kerzen", bemerkte sie böse.
„Ich weiß genau, daß sie gestern noch da waren", erwiderte Langbehn. „Und der Chor war um acht noch in der Kirche. Soo lang waren die Kerzen noch", er machte eine entsprechende Handbewegung, „und heute morgen waren sie weg. Aus der Halterung heraus!"
„Wir werden in Zukunft die Kerzen zählen", kam die bissige Antwort, „damit keine verlorengeht."
Die beiden sahen sich böse an.
„Ist es denn so wichtig, wo die Kerzen geblieben sind?" versuchte Falke zu schlichten. „Im übrigen: Wer war gestern abend um halb zwölf noch in der Kirche? Ich habe noch Licht gesehen."
„Der Chor nicht", sagte Jutta Fröhlich mit beißender Stimme, „der mußte ja seine Kerzen verstecken."
„Ich auch nicht." Alfred Langbehn blickte zum Pastor hinüber. „Da war niemand mehr in der Kirche. Wer sollte denn um die Zeit noch in der Kirche gewesen sein?"
„Ich meine, ich hätte Licht gesehen", beharrte Falke.
„Wo wir gerade bei der Kirche sind", fiel Johanna König ein, „was ist eigentlich mit den Tauben auf dem Dach? Dieses ewige Herabrieseln des Sandes ist ja schrecklich."
Leider hatte sie recht. Seit ungefähr drei Wochen rieselten immer öfter durch einen Spalt der Kirchendecke Sand, Staub, ja selbst Mörtel herunter. Schuld daran waren die Tauben, die im Dachboden hausten und bei ihren Lande- und sonstigen

Manövern den Sand in Bewegung setzten. Am letzten Sonntag war sogar während des Gottesdienstes Sand heruntergerieselt.
„Ich werde mich darum kümmern“, versprach Alfred Langbehn mißmutig. Man spürte, daß er Arbeiten wie diese nicht gerade liebte. Der Dachboden gehörte nicht zu den angenehmsten Aufenthaltsorten.
„Aber mach es bald“, ermahnte ihn Heiner Langmaack, „bevor es wieder Gerede gibt.“
Dann war die Sitzung zu Ende. 200.000 DM für eine Orgel, dachte Johanna König, als sie nach Hause fuhr. Und wenn es man dabei bleibt. Alte Orgeln waren sicher noch für einige Überraschungen gut. Nun, man würde sehen.

V.

Das schöne Wetter änderte nichts daran. Es war ein Tag, an dem man den Frühling ahnte, Ostern war nahe, Auferstehung lag in der Luft. Ärgerlich stapfte Alfred Langbehn über den Friedhof. Verflixte Tauben, dachte er. Pastor Falke hatte ihn gestern ermahnt, daß nun endlich etwas geschehen müsse. Leider hatte sich herausgestellt, daß die Tauben keinerlei Respekt vor der gemeinschaftlichen Bindung der Ehe zeigten. Sie schien bedeutungslos für sie zu sein, andere Schlußfolgerungen waren nicht möglich. Bei der Hochzeit vor drei Tagen war zu Beginn des Gottesdienstes ein ganzer Schwall Sand und Mörtel auf die Braut heruntergeregnet und hatte deren Aussehen nicht unwesentlich und keineswegs zu ihrem Vorteil verändert. Die Gemeinde, Gott sei Dank hatte es sich nur um wenige Familienangehörige gehandelt, hatte nicht schlecht geguckt, ebenso die Braut. So etwas war peinlich, zugegebenermaßen.
Achtlos ging Alfred Langbehn an den Gräbern vorbei, um die Kirche herum, öffnete die Eingangstür zur Kirche. Er hatte lange überlegt, wie er es anstellen solle. Natürlich mußten all der Sand, Mörtel, Taubenkot und Dreck vom Dachboden entfernt werden. Aber das hatte Zeit. Zuerst einmal galt es, die

Tauben zu verscheuchen. Durch die offenen Klappen am Glockenturm kamen sie immer wieder ins Dach hinein. Dort mußte ein Drahtgitter angebracht werden. Zuvor aber noch mußten die Tauben, die sich inzwischen auf dem Dachboden heimisch fühlten, hinausbefördert werden. Am besten mit einem Schrotgewehr, dachte er. Ein-, zweimal bumm, und fertig war die Sache. Aber das hätte Pastor Falke niemals erlaubt. Also blieb nur der mühsame Weg.

Er entschloß sich, sich erst einmal umzukleiden und die benötigten Gerätschaften herbeizuholen. Sie befanden sich im Innern der Orgel. Alfred Langbehn, ein adretter Mittvierziger, Junggeselle aus Überzeugung, dabei dem schönen Geschlecht keineswegs abgeneigt, legte viel Wert auf seine Kleidung. An den verschiedensten Stellen seines Arbeitsbereiches hatte er deshalb Arbeitskleidung zum Wechseln deponiert.

Er stieg die Treppe zur Empore hinauf, umrundete die Orgel und öffnete die kleine Tür, die ins Orgelinnere führte. Hier drinnen war sein Refugium. Ohne Wissen von Pastor und Organisten hatte er sich diesen Raum zum Vorratsraum umgebaut. Er hatte dabei lediglich einer Not gehorcht. Vor dreieinhalb Jahren, als Falke sein Amt angetreten hatte, hatte dieser sich bitter über das Aussehen der Sakristei beklagt. Die Sakristei, einst der Raum für die heiligen Geräte, heutzutage der Umkleideraum der Pastoren, hatte sich damals unter seiner Regie zu Besen- und Umkleidekammer, Ersatzteillager und Geräteraum verwandelt. Falke hatte verlangt, daß er den Raum räumte. Also war er in die Orgel ausgewandert. Er mußte lachen, als er an Heddermanns verblüfftes Gesicht dachte, als dieser während der Orgelreparatur den Raum betreten hatte. Bevor die Orgelbauer gekommen waren, hatte er natürlich alles herausgeräumt. Aber nun war niemand mehr zu erwarten. Auch Organist Moll betrat niemals das Orgelinnere. Er betätigte den Lichtschalter, eine einzelne, kleine Glühbirne war für die Kammer vorgesehen, und mußte feststellen, daß nichts geschah. Die Birne mußte defekt sein, alles blieb stockduster. Mist, dachte er, denn die Ersatzbirnen befanden sich ebenfalls in dem Raum, und er wußte nicht mehr so genau, wo. Er überlegte einen Moment, nach Hause zu gehen und von dort eine neue Glühbirne zu holen, entschied sich dann aber anders. Er ging hinunter in das Kirchenschiff, holte aus einem der hinteren Leuchter eine Kerze, entzündete sie und ging zurück auf die Empore. Mit der Kerze bewaffnet, gelang es ihm relativ schnell, die Ersatzbirne zu finden.

Als das elektrische Licht endlich aufleuchtete, blieb er erschrocken stehen. Jemand war hiergewesen, daran gab es keinen Zweifel. Das kleine Regal, das er vor das große Register gestellt hatte, war zur Seite gerückt worden. Jemand hatte sich hier zu schaffen gemacht, schien etwas gesucht zu haben. Zeit, den Raum zu wechseln, dachte er. Und dann fielen ihm die Kerzen auf. Überall im Raum verstreut lagen Kerzenstummel. Also war der Chor doch hiergewesen, er hatte also Recht gehabt. Musik war Musik für Alfred Langbehn, ob Orgel oder Chor, spielte keine Rolle. Er wechselte seine Kleidung, ergriff einen Besen und verließ die Orgel. Auf in den Kampf, dachte er. Nachher war Zeit zum Umräumen.

Schon die Treppe zum Dachboden war unangenehm. Sie wurde selten benutzt, war voller Spinnweben, Mörtel war auch hier heruntergebröckelt, das Geländer fühlte sich klebrig an. Ihm wurde zunehmend unwohler zumute. Schließlich hatte er sein Ziel erreicht, öffnete die kleine Luke, die ins Innere des Daches führte. Die Tauben gurrten, zwei kleine Dachfenster, durch die ein wenig Licht fiel, gaben dem Raum ein gespenstisches Aussehen. Der Dachboden bestand im wesentlichen aus dem tragenden Gebälk: ein langgestreckter Raum von etwa zwanzig Metern Länge, in der Mitte verlief ein kleiner Holzsteg auf dem Hauptbalken, von dem in regelmäßigen Abständen die Seitenverstrebungen abgingen. Darunter lag die dünne Holzdecke, aufgenagelt auf die Seitenbalken und viel zu schwach, um einen Mann zu tragen. Für die Tauben dagegen reichte es, um ihnen als Wohnstätte zu dienen.

Alfred Langbehn balancierte auf den Seitenverstrebungen entlang, öffnete die beiden Dachluken. Dann ergriff er den Besen, schwenkte ihn unter lautem Rufen hin und her. Erschreckt flatterten die Tauben hoch, und tatsächlich tat ihm die eine oder andere den Gefallen, durch die Dachluke zu ent-

schwinden. Er wischte sich den Schweiß von der Stirn, die Arbeit ging weiter. Zu guter Letzt waren wirklich alle Tauben verschwunden. Er wollte gerade das Dach wieder verlassen, als er das Gurren hörte. Er seufzte. Irgendwo mußte noch eine Taube sein, hielt sich in irgendeinem Winkel des Dachbodens verborgen. Prüfend ließ er seinen Blick durch den Raum wandern - keine Taube war zu entdecken. Er hörte erneut das Gurren. Allem Anschein nach kam es aus dem Turm. Er drehte sich um, kletterte durch eine schmale Öffnung in das Turmgebälk hinein. Aber auch hier war keine Taube zu sehen. Wieder hörte er das Gurren, und diesmal gelang es ihm auch, die Quelle des Geräusches zu orten. Die Taube mußte sich in dem alten Uhrenkasten verkrochen haben. Der Kasten war uralt, stammte noch aus der Bauzeit der Kirche. Etwa einen Meter hoch und einen Meter breit, hatte er früher das mechanische Uhrwerk des Glockenturms beherbergt. Aber schon vor dem Zweiten Weltkrieg war es durch eine elektrische Anlage ersetzt worden. Seitdem stand der Kasten leer, niemand, er eingeschlossen, hatte sich bis jetzt für ihn interessiert.
Alfred Langbehn kletterte die Leiter empor, balancierte auf einem der Balken. Hier im Turm gab es keinerlei Stockwerke, nur noch das nackte Gebälk. Auf einem der tragenden Balken saß der Uhrenkasten. Immer bemüht, das Gleichgewicht zu halten, schritt er auf dem Balken voran, kauerte sich nieder, versuchte, die Tür des Uhrenkastens zu öffnen. Natürlich klemmte der Riegel. Drinnen gurrte die Taube. Wie ist sie bloß hineingekommen, dachte er. Er rüttelte an der kleinen Tür, begann, ungeduldig zu werden. Schließlich gab das Schloß nach, mit einem Ruck öffnete sich die Tür, eine skeletterne Hand fiel heraus. Alfred Langbehn verlor vor Schreck das Gleichgewicht.
Gerade im letztem Augenblick gelang es ihm noch, sich mit beiden Händen am Dachbalken festzuhalten. Lange hing er da, vom Schreck wie gelähmt, unter ihm die gähnende Leere, über ihm eine tote Hand, die ihn zu suchen schien. Schließlich, kurz bevor seine Kräfte nachließen, faßte er sich wieder, versuchte, sich hinaufzuhangeln. Endlich war ihm Erfolg be-

schieden. Er atmete schwer auf, blieb einen Augenblick auf dem Balken sitzen, dann schaute er noch einmal in den Uhrenkasten. Tatsächlich, dort drinnen befand sich ein Skelett, aus leeren Augenhöhlen starrte ihn der Kopf des Toten an. Selbst für einen Friedhofsgärtner war das zuviel. So schnell er konnte, kletterte er vom Turm herunter, den Weg von der Kirche zum Pastorat bewältigte er in einsamer Rekordzeit, völlig umsonst, wie er gleich darauf bemerkte. Der Wagen von Pastor Falke war nirgends zu sehen. Wenn man den Pastor einmal braucht! dachte er. Trotzdem klingelte er, vergebens, wie erwartet. Heiner, fiel ihm ein, ich sag Heiner Bescheid. Er lief hinüber zum Küsterhaus.

VI.

„Das war vielleicht ein Ding!“ Heiner Langmaack sah triumphierend die kleine Gesellschaft an. Sie saßen im Vereinshaus der Concordia, gönnten sich nach der anstrengenden Chorprobe noch ein kleines Bier, ein wenig Geselligkeit. Asmus Ahrholz war dabei, Hinrich Hinrichsen, Klaus Meyer, der Wehrführer, und Magda Hinrichsen, die zwar nicht mitgesungen hatte, aber den Verein in allen Lebenslagen begleitete.
„Mensch Heiner, erzähl doch!“ entfuhr es Hinrich Hinrichsen. Heiner Langmaack ließ sich das nicht zweimal sagen. Er holte tief Luft, die Zuhörer warteten.
„Gestern morgen will ich gerade raus zu den Kühen, als bei uns das Telefon klingelt. Gerlinde, meine Frau, geht ran, ich bin ja schon in meinen Arbeitsplünnen, und wer ist es: Alfred, und sagt, es sei etwas Schreckliches passiert. Na, ich hab sofort Paul, den Dorfsheriff, angerufen, und dann nichts wie hin. Und vor der Kirche steht Alfred und jammert. Paul kommt dann auch und hat gleich ’ne ganze Mannschaft mitgebracht. Ich sag zu Alfred, reg dich nicht auf, und wir dann alle hoch. Ja, und da war es.“ Er machte eine kunstvolle Pause. „Ein richtiges Skelett.“ O nein, ein toter Mann, dachte Magda Hinrichsen. Mein toter Mann?
„Das hatten wir schon mal“, bemerkte Asmus Ahrholz,

„1939, als...“
„Ja, ja“, fuhr Heiner Langmaack dazwischen, der es nicht duldete, daß seine Erzählung unterbrochen wurde, „na, und dann ist Paul voran, und die anderen von der Polizei hinterher, sah ganz gefährlich aus, der Paul da auf dem Balken, bei seinem Gewicht“, die Runde grinste, „und haben sich den angeguckt. War ein Mann, haben die gesagt, mindestens dreißig Jahre tot, und ihr wißt ja, was das bedeutet!“
Alle sahen ihn fragend an. „Keine Ahnung“, bemerkte Hinrich Hinrichsen stellvertretend für die ganze Gesellschaft.
„Na, daß der Mord schon verjährt ist.“
„Ein Mord?“ Klaus Meyer wirkte ungläubig. „Wieso denn ein Mord?“ „Ja glaubst du denn, daß der freiwillig in den Kasten gegangen ist?“ Asmus Ahrholz schüttelte den Kopf. „Das war wie ’39, da hatten wir auch einen Mord, genaugenommen sogar mehrere. Mein Vater hat immer davon erzählt. Das war der Müllerbursche, der damals durchgedreht ist. Der hat sich ein Gewehr . . .“
„Wollt ihr die Geschichte nun zu Ende hören?“ fragte Heiner Langmaack unwirsch.
„Aber sicher. Erzähl!“
„Wie sah das Skelett denn aus?“ wollte Hinrich Hinrichsen jetzt wissen.
„Na, wie ein Skelett schon aussieht. Blanker Knochen, sag ich euch, kein Fleisch mehr, nichts. Wahrscheinlich alles von den Mardern gefressen, da sind ja immer welche von den Biestern auf dem Dach. Und natürlich war das ein Mord, denn . . .“, er machte eine Kunstpause, „der Schädel war eingeschlagen. Völlig zerdeppert. Na“, sagte er, „das wußtet ihr noch nicht, was? Paul und die anderen haben dann das Skelett rausgeholt, und wie sie gerade mit dem Ding runter wollen, taucht der Bärley von der Zeitung auf und hat natürlich ’ne Kamera dabei.“
„Scheußliche Arbeit so was“, erinnerte sich Klaus Meyer. „Haben wir auch schon machen müssen, einen Toten abnehmen. Ist nicht schön.“ Ihn fröstelte.
„Der Bärley?“ Asmus Ahrholz blickte ihn erstaunt an. „Der alte Atheist? Der betritt doch nie ’ne Kirche. Das ist doch so

einer von der Studentenrevolte damals, so'n Übriggebliebener. Obwohl . . . irgendwie kann man auch mit ihm."
„Er war in der Kirche", triumphierte Heiner Langmaack. „Ich sag euch, für 'nen echten Toten macht der alles. Na ja, jedenfalls, wie Paul und die anderen mit dem Skelett runter, hat er gleich Fotos gemacht. Müssen morgen in der Zeitung sein. Und Fragen gestellt hat er. Wer der Tote ist, wie lange er da oben war, wer ihn ermordet hat und so weiter. Konnten wir natürlich alles nicht beantworten. Wird man auch nie rauskriegen, sag ich euch. Aber eines vielleicht doch. Nämlich, wie wir unten waren, kommt der Pastor an, der hatte endlich auch davon gehört, und der meint, daß das der Paneck ist, ich mein, kann ja sein, ich weiß es nicht."
„Der Paneck? Von dem er die Uhr hat?"
„Ja genau. Vielleicht hat er sogar recht. Ich mein, wer sollte es sonst sein?"
Mein Panecke, dachte Magda Hinrichsen. Das also war es, darum bist du so plötzlich verschwunden. Weit bist du ja nicht gekommen, Panecke. Traurigkeit überfiel sie.
„Das war nicht der erste Mord in Klein Hasenberg", begann Asmus Ahrholz aufs Neue. Heiner Langmaack ließ ihn gewähren, hatte seine Geschichte erzählt. „Ja, ich sagte es ja schon, da hat der Müllerbursche durchgedreht. Hat sich ein Gewehr geschnappt und drei Leute umgebracht, bevor sie ihn geschnappt haben. So was kommt vor. Noch 'ne Runde!"
„Du immer mit deinen alten Geschichten. Das kommt von deinem Vater. Übrigens", Heiner Langmaack sah Asmus Ahrholz an, „ist der Herr von Haldern bei euch? Ich hab nämlich sein Auto auf eurem Hof gesehen."
„Der Herr von Haldern? Der Heimatforscher?" fragte Hinrich Hinrichsen dazwischen.
„Ja, genau der. Der war mal 'ne Zeitlang bei uns. Ist er nun bei euch, Asmus?"
„Na und? Und wenn es so wäre?" Die Antwort fiel seltsam unwirsch aus. „Kann der nicht mal bei uns zu Besuch kommen?"
„Jeder kann kommen und gehen, wann er will", pflichtete Klaus Meyer ihm bei. „Wir sind ein freies Land." Korn und

Bier wurden gebracht. „Auf dein Wohl, Asmus."
„So hab ich das nicht gemeint." Heiner Langmaack war etwas beleidigt. „Ich meine ja nur, wenn er hier bei uns im Dorf ist, könnte er doch auch mal bei uns reingucken. Schließlich war er zwei Wochen bei Gerlinde und mir. Was will er denn, Asmus?"
„Forschen", entgegnete Asmus Ahrholz einsilbig.
„Und was?"
„Weiß nicht. Kümmer mich nicht drum."
Heiner Langmaack wurde nicht schlau aus ihm. Etwas stimmte nicht. Heiner Langmaack hatte ein Gespür für faule Geschichten. „Bei uns hat er immer Klavier gespielt", bohrte er weiter. „Er hat Gerlinde gefragt, ob er sich ab und an mal an das Klavier setzen dürfte. Bei uns spielt ja keiner mehr, seit Heike aus dem Haus ist. Wir fanden das schön - und ihr?"
„Nun laßt doch endlich den Herrn von Haldern zufrieden", mischte sich jetzt Magda Hinrichsen ein. „Da ist oben in der Kirche eine Leiche gefunden worden, und ihr redet, als ob das jeden Tag passiert. Kinder, sagt mal, irgend jemand muß ihn doch umgebracht haben."
Alle starrten sie an, schienen im selben Moment auf den gleichen Gedanken zu kommen.
„Du meinst, einer aus dem Dorf, Mutter?"
„Möglich, möglich." Magda Hinrichsen seufzte. „Alles möglich, oder?"
„Aber aus unserem Dorf würde doch keiner einen anderen umbringen, Mutter."
Sie bedachte ihn mit einem mitleidigen Blick. „Ach Hinrich, bist ein guter Junge. Viel zu gut für diese Welt." Sie wandte sich den anderen zu. „Wenn man soviel durchgemacht hat wie ich, weiß man, wovon man redet. Und ich sage euch, es war einer aus dem Dorf."
„Dein Vater konnte auch ganz schön zulangen", fiel Klaus Meyer ein.
„Hältst du den Mund!" Asmus Ahrholz befand sich plötzlich in einem Zustand äußerster Erregung. „Das hat dieser Idiot auch gesagt, vorgestern. Ich laß nichts auf meinen Vater kommen."

„Wer hat was gesagt?“ erkundigte sich Hinrich Hinrichsen unschuldig und ohne zu begreifen.
„Wer hat was gesagt“, äffte Asmus Ahrholz ihn nach. „Niemand! Niemand hat was gesagt, habt ihr kapiert?“
Wieso vorgestern, dachte Heiner Langmaack. Der Tote ist doch erst gestern gefunden worden. Etwas war eindeutig faul mit Asmus.
„Reg dich ab“, versuchte er zu beschwichtigen, „niemand sagt, daß dein Vater der Mörder ist.“
„Wäre ja auch noch schöner“, konterte Asmus Ahrholz.
„Tut mir leid, Asmus, war nicht so gemeint. Kommt, ich bestell noch 'ne Runde!“ Klaus Meyer tat seine Bemerkung sichtlich leid. „Wo du vorhin von dem Klavier gesprochen hast, Heiner, was macht eigentlich eure Orgel?“
Heiner Langmaack nahm einen kräftigen Schluck. „Die ist hin“, stellte er anschließend mit Entschiedenheit fest. „Und die Reparatur kostet Unsummen.“
„Ihr könnt doch Land verkaufen“, Asmus Ahrholz konnte schon wieder grinsen, „ich könnte was gebrauchen. Wenn ihr das Ding unbedingt behalten wollt, na bitte, ich kauf euch Land ab. Zu einem vernünftigen Preis natürlich.“
Heiner Langmaack wurde ungemütlich. Er nahm noch einen Schluck. „Es ist nicht meine Orgel, das weißt du. Und Land verkaufen dürfen wir nicht. Geht nicht, würden wir niemals genehmigt kriegen. Der Pastor will Spenden sammeln.“
„Na dann Prost! Da könnt ihr lange sammeln.“
„Ein paar werden schon was geben, was Hinrich?“ Magda Hinrichsen begann zu lächeln. „Es gibt noch gute Menschen.“
„Spenden sammeln, verstehst du, Asmus? Der ist halt noch jung, unser Priester.“
Magda Hinrichsen lächelte noch immer. „Sag das nicht, Heiner. Wer weiß?“ Ein Kirchenlied fiel ihr ein. „Wie heißt das in dem schönen Lied? 'Größer als der Helfer ist die Not ja nicht.' Sag das nicht, Heiner. Es gibt noch gute Menschen.“

VII.

Man trifft immer wieder interessante Leute, dachte Frank Falke. Das Taufgespräch, das er soeben geführt hatte, hatte ihm gutgetan, ihn abgelenkt von den beklemmenden Gedanken, die immer wieder in seinem Kopf sich einzunisten versuchten. Es war ein sehr anregendes Gespräch gewesen, ein Elternpaar, das die Taufe zu achten schien, so hatte er es gespürt, für die die Taufe ihrer kleinen Tochter mehr war als nur der willkommene Anlaß für eine Familienfeier. Es waren einfache Leute, bei denen er gewesen war, ernst, lebensbewußt und auf ihre Art tiefsinnig. Immer wieder überraschte es ihn, daß die Ernsthaftigkeit, mit der Menschen dem Religiösen begegneten, keineswegs abhängig war von Sprachgewandtheit und Bildungsgrad. Oft war sogar das Gegenteil der Fall, Menschen, die zu gut reden konnten, redeten oft an der Sache vorbei.

Seine Gedanken begannen zu wandern. Morgen sollte der Tote vom Dachboden beerdigt werden, die Kirchengemeinde hatte ihm ein Grab gestiftet, den Sarg hatte das Amt beigesteuert. Der Polizei war es noch nicht gelungen, den Leichnam zu identifizieren, wahrscheinlich würde das niemals der Fall sein. Zwar sprach vieles dafür, daß es sich um August Paneck handelte, doch es gab keine Gewißheit. Dafür stand die Todesursache jetzt eindeutig fest. Der Mann im Uhrenkasten war erschlagen worden und zwar zu Lebzeiten außerhalb des Kastens. Wo das geschehen war, vermochten die polizeilichen Fachleute auch nicht zu sagen. Natürlich war es naheliegend zu vermuten, daß sich dieser Mord in der Kirche ereignet hatte. Frank Falke schauderte, versuchte, den Gedanken zu verdrängen.

Er bog mit seinem Wagen nach Groß Hasenberg ein, schaute auf die Uhr. An diesem Nachmittag hatte er keine Termine mehr. Ich könnte Frau Wittig besuchen, fiel ihm ein, ich habe es ihr schließlich versprochen. Er dachte einen kurzen Moment nach, vier Wochen war es schon wieder her, daß er bei ihr zum Geburtstag gewesen war. Er parkte seinen Wagen, ging die Auffahrt hinunter und klopfte an ihrer Tür. Niemand

antwortete. Er klopfte ein weiteres Mal, wieder kam keine Antwort. Er drehte sich um, wollte zu seinem Wagen zurückgehen, als er sie sah. Langsam, nur mühsam Schritt für Schritt vorwärtskommend, den Stock fest in der Hand, kam sie die Auffahrt herunter.
„Guten Tag, Frau Wittig."
Sie sah ihn fragend an.
„Pastor Falke, erinnern Sie sich nicht? Ich war doch bei Ihrem Geburtstag bei Ihnen."
Sie warf ihm einen weiteren mißtrauischen Blick zu, dann erhellte sich ihr Gesicht.
„Ach so, der Pastor. Kommen Sie herein, Herr Pastor." Sie schritt zur Tür, öffnete sie mit einem Schlüssel. „Ich war spazieren, Herr Pastor. Muß auch mal sein. Aber die alten Beine", sie schlug mit dem Krückstock gegen ihre Waden, „die wollen nicht mehr so recht. Ganz und gar wollen die nicht mehr. Kommen Sie doch herein, Herr Pastor."
Falke trat ein. Wieder war er schockiert vom Inneren der Behausung, konnte sich nicht an das Bild der Armut gewöhnen. Auf dem Sofa lag wie beim letzten Besuch auch diesmal in einer Ecke zusammengerollt ihr Bettzeug. Auf dem Tisch lag die Morgenzeitung. In groß aufgemachter Überschrift hatte die Zeitung über, wie sie es nannte, 'das Hasenberger Kirchenskelett' berichtet. Falke setzte sich in eine Ecke des Sofas.
„Wie geht es Ihnen, Frau Wittig?"
„Wie soll es einer alten Frau schon gehen?" Ihr Blick fiel auf die Zeitung. „Das war ich nicht!" bemerkte sie mit Nachdruck.
„Was waren Sie nicht?" fragte Falke verblüfft.
„Das da." Sie zeigte auf die Zeitung. „Auch wenn Asmus das sagt, ich war das nicht. Asmus ist böse", fügte sie flüsternd hinzu. „Aber Frau Wittig . . ."
„Asmus sagt, das ist der Paneck, der Tote. Ich kenn keinen Paneck, dabei kenn ich doch alle." Wieder begann sie zu flüstern, rückte zu ihm herüber. „Nehmen Sie sich in acht, Herr Doktor. Asmus ist sehr, sehr böse."
„Aber Frau Wittig!"

Sein Widerspruch glitt an ihr ab. „Der kommt nicht wieder, der nicht. Der ist tot.“ Sie schaute zum Fenster hinaus. „Aber mein Mann kommt wieder. Ob er wohl morgen kommt, Herr Doktor?“ Eine halbe Stunde später verließ Falke ihre Wohnung. Es tut ihr gut zu reden, dachte er, auch wenn es selten etwas Sinnvolles ist, was sie sagt. Sie hat wohl wirklich niemanden, der ihr zuhört. Wie es ihr wohl ergangen ist all die Jahre hier in Groß Hasenberg?
Er ging zu seinem Wagen, fuhr zurück zum Pastorat. Weit hatte er es nicht mehr, Groß - und Klein Hasenberg lagen einander gegenüber, nur durch die Trave voneinander getrennt. Trotzdem hatte der Fluß in der Vergangenheit eine unüberwindliche Grenze zwischen den beiden Gemeinden gebildet. Als er am Pastorat ankam, mußte er feststellen, daß seine Frau nicht zu Hause war, ihr Auto stand nicht auf der Auffahrt. Wieder ging ihm das Skelett vom Dachboden der Kirche durch den Kopf. Die Polizei hatte sich festgelegt, der Tote war mit an Sicherheit grenzender Wahrscheinlichkeit im Spätsommer 1945 ermordet worden. Die Chronik fiel ihm ein, er könnte doch in der alten Chronik des Pastor Böhme nachlesen, was dieser über jenes Jahr geschrieben hatte. Es gehörte zu den Aufgaben der Pastoren, eine Chronik zu führen, und gerade in früheren Zeiten hatten die Pastoren diese Pflicht sehr ernst genommen. Frank Falke seufzte. Das Archiv der Kirchengemeinde befand sich auf dem Dachboden des Pastorats in einem völlig ungeordneten, chaotischen Zustand. Er würde lange suchen müssen, bis er die entsprechenden Texte fand. Das Glück kam ihm zu Hilfe. Nachdem er die schmale Treppe zum Dachboden hinaufgestiegen war, sich kopfschüttelnd den Bergen von übereinandergestapelten Aktenstücken und Büchern genähert hatte, erwies sich schon das zweite Buch, das er in die Hand nahm, als die gesuchte Chronik. Gespannt begann Falke zu blättern. Pastor Böhme, Pastor der Gemeinde von 1939 bis 1952, hatte sorgfältig Jahr für Jahr seine Erinnerungen niedergeschrieben. Über das Jahr 1945 stand zu lesen:

Sonntag, den 4. Februar, kamen die ersten Flüchtlinge aus den Ostprovinzen. Mit einer Familie fingen wir im Pastorat an. Später wurden es vier. Die Pastorenfamilie mußte sehr zusammenrücken. In einer Predigt wies ich hin auf die Schwierigkeiten und Reibereien, die natürlicherweise entstehen müßten durch das enge Zusammenwohnen, besonders auch bei dem Gegensatz zwischen den ihrer Habe beraubten und denen, die noch besaßen. Jetzt würde wieder christlicher Brudersinn sich als die Kraft bewähren, die auch solche Schwierigkeiten überwinden könne. Es war auch im Pastorat nicht alles leicht. Aber im Ganzen dürfen wir doch sagen, daß die alten und die neuen Bewohner des Pastorats gut miteinander ausgekommen sind.

Die Heimatvertriebenen übertrafen jetzt in allen Dörfern die Einheimischen an Zahl. Das Verhältnis war ungefähr drei zu zwei. Die Flüchtlinge veränderten das Bild des Gottesdienstes von Grund auf. Der sonntägliche Durchschnitt im Kirchenbesuch stieg auf etwa 20 bis 40. Wir lernten eine ganze Reihe Frauen und Männer kennen, die jeden Sonntag kamen, sogar aus den Außendörfern, und sich überhaupt sehr treu zur Kirche hielten, etwas, was wir vorher bis auf wenige Ausnahmen kaum kannten.

Am 1. Mai war der Tag der Arbeit, also Feiertag. Es war ein schöner, sonniger Tag. Im Dorf ruhte die Arbeit. Von Lauenburg her, wo die Engländer schon seit Tagen vor der Elbe lagen, hörte man Geschützdonner. Am 3. Mai rückten britische Truppen im Dorf ein. Fast alle Häuser hatten weiße Fahnen herausgehängt. Ich hielt das für unwürdig und unnötig und zeigte weder an der Kirche noch im Pastorat eine Fahne. Im Pastorat wurden 21 Soldaten untergebracht. Ich mußte jetzt viel unterwegs sein. Denn ich hörte von Übergriffen der freigelassenen und herumstreifenden russischen, polnischen und französischen Kriegsgefangenen und Ortszwangsarbeitern. Auch suchten mich verängstigte Dorfbewohner auf und suchten bei mir Beistand. Jetzt kam mancher, der vorher auf den Pastor heruntergeschaut hatte.

In diesen Tagen mußten wir auf unserem Friedhof einen un-

bekannten deutschen Unteroffizier beerdigen, der beim Einmarsch der Engländer gefallen war, und einen deutschen Zivilisten, der ebenfalls beim Einmarsch verwundet und in einem englischen Lazarett gestorben war. Diese Beerdigungen mußten wir unter schwierigen Umständen durchführen, da die Einwohner ihre Häuser teils nicht verlassen durften, teils wegen der Unsicherheit nicht verlassen wollten. Unvergeßlich bleiben mir die Beerdigungen von zwei russischen Kriegsgefangenen, die sich aus Freude über die wiedergewonnene Freiheit an Methylalkohol tottranken, und eines Skeletts, wahrscheinlich die Überreste eines ermordeten Polen. Das Skelett hatte einen ganzen Winter im Chausseegraben gelegen. Am 5. Juni hatten wir dreimal hintereinander Gottesdienst. Zuerst für evangelische deutsche Kriegsgefangene (diese waren in einem Lager bei Groß Hasenberg), dann einen für katholische Gefangene. Beide wurden von deutschen Wehrmachtsgeistlichen gehalten. Anschließend kam mein Gottesdienst zur gewohnten Zeit.
Am 19. August erschien unser Organist August Paneck nicht zum Dienst. Paneck, auch ein Flüchtling, hatte seit März dieses Amt innegehabt. Er war ein hochbegabter Mann und ein Kenner alter Schriften und Sprachen - nicht nur des Lateinischen. Ich habe nie wieder etwas von ihm gehört. In dieser unruhigen Zeit schenkte niemand seinem Verschwinden besondere Beachtung. Später habe ich mich manches Mal gefragt, was wohl aus ihm geworden ist.

Frank Falke war fasziniert von der dichten Atmosphäre dieser Beschreibung, meinte, zumindest in Umrissen sich die damalige Zeit vorstellen zu können. Er las den Text noch einmal. Leider waren die Informationen über August Paneck äußerst dürftig, wie er feststellen mußte. Andererseits stand keineswegs fest, daß es sich bei dem Toten um den ehemaligen Organisten der Kirchengemeinde handelte.
Falke seufzte. Worüber sollte er predigen, morgen, wenn das Skelett beerdigt wurde? Über die menschliche Bosheit? Über die Tatsache, daß irgend jemand aus diesem Dorf gemordet hatte und seiner Strafe entgangen war? Er hätte sich gerne mit Pastor Böhme beraten. Was hatte jener damals gesagt, als er

1945 ein Skelett beerdigt hatte? Aber Pastor Böhme war schon lange tot.
Das Telefon klingelte. Frank Falke eilte vom Dachboden herunter. Bei dem Versuch, den Hörer abzunehmen, riß er das Telefon vom Tisch. Mit einem Krachen fiel der Apparat zu Boden. Annette, dachte er zornig. Nur sie brachte es fertig, das Telefonkabel so zu verwirren, daß es sich zu einem einzigen, festen Knoten zusammenzog. Leider brachte sie das immer wieder fertig.
„Ja“, knurrte er ganz gegen seine Gewohnheit in den Apparat.
„Hier ist Magda Hinrichsen. Spreche ich mit der Kirchengemeinde Klein Hasenberg?“
Seine Gereiztheit tat ihm leid. „Entschuldigung. Ja natürlich, Pastor Falke. Die Kontonummer unserer Kirchengemeinde? Sie wollen etwas für die Orgel spenden?“ Frank Falke war freudig überrascht. „Einen Moment bitte, ich gehe kurz und hole die Nummer.“
An der Tür klingelte es. Er stöhnte entnervt auf. Nicht das auch noch, dachte er.
Draußen stand Annette, seine Frau. „Tut mir leid, ich hatte den Schlüssel vergessen“, entschuldigte sie sich.
„Du hast mir gerade noch gefehlt.“
Er lief zum Telefon zurück. „Frau Hinrichsen, sind Sie noch dran? Hier ist die Kontonummer: Sie lautet 248 13 bei der Evangelischen Darlehensgenossenschaft in Kiel. Ja, das ist lieb. Vielen Dank, Frau Hinrichsen.“
Er legte den Hörer auf. Annette kam herein. „Was ist los?“ wollte sie wissen.
„Du und das Telefonkabel. Immer alles verdreht!“
Sie betrachtete ihn aufmerksam. „Du siehst abgespannt aus“, bemerkte sie schließlich.
„Kann schon sein.“
„Ist es wegen der Beerdigung morgen?“
Frank Falke holte tief Luft, nickte. „Ja, ich glaube, ja. Für das Dorf ist es eine Sensation. Ich wette, morgen ist die Kirche brechend voll. Dabei weiß niemand, wer der Tote eigentlich ist. Nein, denen geht das nur um das gruselige Gefühl. Aber . . . aber es ist doch eine Beerdigung, kein Schauspiel.“

Annette kam näher, fuhr mit der Hand sanft über sein Haar. „Armer Frank. Und du selbst? Bist du dir darüber im klaren, was du sagen willst?"
Er schüttelte den Kopf.
„Suchst du den Mörder?"
„Nein! Na ja", er zögerte, „vielleicht doch. Vielleicht ist das das Schlimme daran. Ich werde das Gefühl nicht los, daß jemand, den ich kenne, diesen Mann ermordet hat."
„Das weißt du aber nicht."
„Nein."
„Warum ist das so wichtig?"
Wieder schüttelte er den Kopf. „Ich weiß nicht. Wahrscheinlich hast du recht. Es ist nicht wichtig. Für den toten Mann ist es sogar völlig egal."
„Weißt du was? Komm mit in mein Zimmer, ich zeige dir meine neuesten Entwürfe!"
„Du willst mich nur ablenken!"
„Na und? Es tut dir gut, glaube ich."
Leicht widerstrebend folgte er ihr in ihre Werkstatt. Beim Betreten des Raumes konnte er sich einer gewissen Faszination nicht erwehren. Obwohl sie schon über zwei Jahre verheiratet waren, beeindruckte ihn Annettes kleine Welt immer wieder aufs Neue. Sie versteht es, Dinge zu erschaffen, dachte er, etwas, was seinem Beruf völlig fremd war. Pflege und Begleitung, Beziehungen, unterworfen der schnellen Vergänglichkeit, das prägte den Pastorenberuf. Nichts war von wirklicher Dauer. Annettes Werke dagegen hatten bleibenden Wert.
In der Mitte des Raumes, auf ihrer großen Arbeitsplatte, stand ihre neueste Schöpfung. Der Musiker, die erste Figur des 'Hasenberger Totentanzes', wie er manchmal liebevoll spottete, war fertig geworden. Gegenüber dem ursprünglichen Entwurf hatte sie einige Änderungen erfahren. Der Musiker spielte jetzt nicht mehr auf seinem Instrument, er hatte die Arme weit auseinandergerissen, hielt in der einen Hand die Gitarre, schaute mit schmerzverzerrtem Gesicht in eine unbestimmte Ferne. Mit seinen Beinen dagegen schien er jetzt tatsächlich zu tanzen.
„Ich habe mit der nächsten Figur begonnen", erläuterte An-

nette. Sie begann, auf ihrem wie immer unaufgeräumten Schreibtisch nach der Skizze zu suchen.
„Hier ist sie. Das ist der nächste." Sie zog ein Blatt Papier heraus, reichte ihm die Skizze herüber. „Ein Forscher, ein Wissenschaftler."
„Wie der Herr von Haldern", fiel ihm ein. Annette schüttelte den Kopf. „Wie kommst du auf den? Schau dir lieber die Skizze an! Ich dachte an einen Chemiker oder Physiker oder irgend etwas in dieser Art."
Frank Falke blickte auf das Blatt. Ein Mann in einem Kittel war zu sehen, in der einen Hand hielt er einen Notizblock, in der anderen Hand den dazugehörigen Schreiber. Auch er hatte die Arme weit auseinandergerissen. Sein Gesicht war von Angst verzerrt, zeigte deutliche Züge von Todesfurcht.
Aufmerksam betrachtete er die Figur. Die Leichtigkeit, mit der die Skizze aufs Papier geworfen schien, gefiel ihm. Trotz aller Schwere hatte das Bild etwas Unbeschwertes an sich, schien der Forscher tatsächlich zu tanzen.
„Das ist also der nächste?" fragte er.
„Ja." Annette lachte. „Das ist der nächste. Gefällt er dir?"

VIII.

Magda Hinrichsen hatte nicht lange überlegen müssen, ob sie zur Beerdigung gehen sollte. Anders als für die meisten Dorfbewohner, war es für sie eine persönliche Angelegenheit. Auch wenn die Identität des Toten nicht feststand, so gab es für Magda Hinrichsen doch keinen Zweifel, daß es sich bei dem Skelett um August Paneck handelte. Mein armer Panecke, dachte sie, wer hat dir das bloß angetan? Sie versuchte, sich zu erinnern. Es war eine unruhige Zeit gewesen, damals 1945, in den ersten Nachkriegswochen und -monaten. Die Engländer saßen im Dorf, ein Kriegsgefangenenlager war in Groß Hasenberg errichtet worden, und alle hatten Angst, Angst vor allem auch vor den freigelassenen und herumstreifenden ehemaligen Zwangsarbeitern, die es auf den Höfen reichlich gegeben hatte. Diebstähle waren an der Tagesord-

nung gewesen, und auch Morde waren vorgekommen.
Magda Hinrichsen schüttelte den Kopf. Aber doch nicht in der Kirche, die Überfälle damals waren nachts und auf offener Straße geschehen, Kirchen waren nicht geschändet worden. Panecke, Panecke, dachte sie, was hab ich dich vermißt, und nun bist du tot! Seit damals, tot bist du, Panecke! Sie spürte, wie ihr wider Willen eine Träne über die Wange rollte. Wer hat das bloß getan? Und warum? Ja, warum?
Das Frauenbildnis im Uhrendeckel fiel ihr ein. Wer war die Frau? Sie hatte Magda schon längst fragen wollen, war aber irgendwie nicht dazu gekommen. Hattest du noch eine andere, Panecke, früher - oder etwa hier im Dorf? Eine eifersüchtige Frau etwa? Ein Schreck durchfuhr sie. Nein, das konnte nicht sein. August Paneck war bestimmt nicht ihretwegen ermordet worden. Oder etwa doch? Aus Eifersucht?
Sie schaute auf die Uhr: halb eins, Zeit, aus dem Haus zu gehen. In einer halben Stunde sollte die Beerdigung beginnen. Sie holte ihren Mantel, kleidete sich an und schloß die Haustür ab. Ihre Schritte wandten sich dem Nachbarhaus zu.
„Da bist du ja endlich“, begrüßte sie Magda Martens, „ich dachte schon, ich müßte allein gehen.“
„Ist noch nicht passiert, Magda, was, daß ich dich einmal allein gelassen hab?“
„Noch nie“, bestätigte ihre Freundin.
Die beiden alten Frauen machten sich auf, verließen Haus und Hof, betraten den kleinen Knickweg, der auf die Kirche zuführte. Schritt für Schritt kamen sie voran, langsam und stetig. Für ihre achtzig Jahre waren die beiden noch erstaunlich behende. „Schöner Tag heute, nicht wahr?“
„Ja, wirklich.“
Wie in den letzten Jahren, so war auch dieser Winter wieder zu mild gewesen, war die Natur ihrer Zeit weit voraus. Die Knicks zeigten sich in frischem Grün, Buschwindröschen blühten, dabei war der Frühling erst wenige Tage alt. In eineinhalb Wochen würde Ostern sein.
„Genau so 'n Wetter wie damals“, Magda Martens seufzte, „damals, als Walter starb. Weißt du das noch?“
„Aber sicher.“

„Achtzehn Jahre ist das nun her, und das Wetter war genauso schön wie heute. Aber was soll's."
Schweigend gingen sie weiter. Magda Hinrichsen erinnerte sich noch gut. Walter Martens war bei einem schweren Autounfall gestorben. Das Unglück hatte damals Schlagzeilen gemacht. Das Ehepaar Martens hatte eine kleine Bäckerei betrieben, die letzte im Dorf, und Walter Martens war wie jeden Morgen unterwegs gewesen, Brötchen und Brot auszufahren. Am Bahnübergang war er dann von einem Zug erfaßt und mehrere hundert Meter mitgeschleift worden. Nach dem Tod ihres Mannes hatte Magda Martens die Bäckerei aufgegeben, die Kinder hatten kein Interesse an dem Geschäft gezeigt, und sie hatte die Gebäude verkauft. Ein kleines Haus war ihr als Altenwohnung geblieben. Das war nun alles beinahe zwanzig Jahre her.
„Das glaubt man nicht", begann Magda Martens einen neuen Gesprächsfaden aufzunehmen, „ein Toter in unserer Kirche, und das vierzig Jahre lang. Obwohl, ich hab schon manches Mal gedacht, da ist irgend etwas faul mit der Kirche. Weißt du noch, wie die alte Kroll auf der Kirchentreppe gestürzt ist? Ein halbes Jahr später war sie tot."
„Ja."
„Und als Carsten in die Grube gestürzt ist, als sie den Sarg vom alten Oellerich hinunterließen. Weißt du noch, wie wir gelacht haben? Aber an Krücken gegangen ist er nachher, und hat auch nur noch zwei Jahre gedauert mit ihm. Ich sag dir, Magda, ein Toter zieht den nächsten nach."
„Meinst du?" Magda Hinrichsen war nicht ganz bei der Sache, hatte ihre eigenen Gedanken.
„Würde mich nicht wundern, wenn es bald wieder soweit ist. Das ist nichts Gutes, Magda, sag ich dir, so 'n Toter in der Kirche, und das so viele Jahre. Und hat ja auch immer irgendwie komisch gerochen bei uns in der Kirche. Hab ich damals schon Pastor Lutscher gesagt nach der Renovierung, aber der meinte ja, das sei die neue Farbe. Obwohl, ich will ja nichts sagen, war ja wohl auch nur noch ein Skelett die letzten Jahre. - Na, da sind wir ja!"
Sie waren an der Friedhofspforte angelangt. Magda Hinrich-

sen blieb stehen, faßte sich ein Herz.
„Sag mal, Magda . . .“
„Ja?“
„Sag mal, Magda, ich wollt dich noch was fragen.“ Magda Martens war jetzt ebenfalls stehengeblieben. „Sag mal, die Uhr, die hast du doch gesehen, Paneckes Uhr meine ich. Und . . .“, sie zögerte erneut, „Magda, da war doch ein Foto drin, in der Uhr meine ich, von einer Frau, du weißt.“
Magda Martens schien unangenehm berührt. „Na und?“ sagte sie unwirsch.
„Weißt du, wer die Frau ist?“
„Nein!“ Die Antwort kam mit Entschiedenheit. Magda Martens blickte in eine unbestimmte Ferne.
„Ich dachte nur, weil . . .“
„Nein! Nein!“ Sie wandte sich wieder ihrer Freundin zu. „Ich kenne die Frau nicht. Und du, frag nicht soviel. Die Toten müssen ruhen, verstehst du, ruhen müssen sie!“
Was hat sie bloß, dachte Magda Hinrichsen. Sie ist doch sonst nicht so. Die Kirchenglocken begannen zu läuten.
„Komm jetzt, wir müssen uns beeilen. Die besten Plätze sind bestimmt schon weg.“
Langsam gingen die beiden Freundinnen auf die Kirche zu. Die besten Plätze waren tatsächlich schon weg, die Kirche war vollbesetzt, nur ganz vorne und ganz hinten waren in den Bankreihen noch einige Lücken zu entdecken.
„Nicht nach vorn. Wie sieht das denn aus?“
„Aber hinten hört man so schlecht. Was ist, wenn er wieder so leise redet?“
Man einigte sich schließlich doch auf die hinteren Plätze. Der Gottesdienst begann mit Orgelmusik. Die Orgel, dachte Magda Hinrichsen, die hast du gespielt, mein Panecke. Da hast du deine Uhr gelassen, als Zeichen vielleicht, wer weiß? Geliebt hast du die Musik, Magda Hinrichsen seufzte. Die Uhr, die Orgel, auf einmal begann ein Gedanke in ihr Gestalt anzunehmen. Was wäre, wenn dort noch mehr zu finden sei, anderes, Persönlicheres vielleicht. Niemand durchsucht eine Orgel, fiel ihr ein. Vielleicht hatte ihr August ihr ja etwas hinterlassen, und vielleicht steckte es immer noch in der Orgel.

Ich muß einmal nachsehen, am besten gleich, gleich heute. Sie wurde ganz aufgeregt. Aber, sie begann zu überlegen, wie sag ich das Magda? Magda hatte schon vorhin so komisch reagiert. Am besten sag ich ihr gar nichts, dachte sie.
Inzwischen hatte Pastor Falke den Gottesdienst eröffnet. Die Lesungen gingen an ihr vorüber, lediglich dem Lied widmete sie einige Aufmerksamkeit, so sehr war sie gefangen von ihrem neuen Gedanken. Dann kam die Predigt.
„Liebe Trauergemeinde", Pastor Falke schaute mit klarem Blick seine Gemeinde an, „ein Mann ist tot, ist mit Gewalt vom Leben zum Tode befördert worden, hat dieses Leben verlassen müssen in der Blüte seiner Jahre . . ."
„Das wissen wir", flüsterte Magda Martens. Pastor Falke war dafür bekannt, daß er seine Gemeinde stets in aller Eindringlichkeit mit dem Sterben konfrontierte.
„Laut genug ist er aber", entgegnete ihre Freundin leise, die gerne etwas Gutes über ihren Pastor sagte.
„. . . Leider wissen wir nicht, wer dieser unbekannte Tote ist", fuhr Pastor Falke fort. „So können wir nichts sagen über sein Leben, seinen Werdegang, seine Hoffnungen und Freuden. Aber die Sinnlosigkeit seines Sterbens berührt uns. Und so will ich aus dem 22. Psalm lesen, lesen von Verlassenheit und Todesnähe. Dort heißt es:

Mein Gott, mein Gott, warum hast du mich verlassen? Ich schreie, aber meine Hilfe ist ferne.
Mein Gott, des Tages rufe ich, doch antwortest du nicht, und des Nachts, doch finde ich keine Ruhe . . .
Ich bin ausgeschüttet wie Wasser, alle meine Knochen haben sich voneinander gelöst; mein Herz ist in meinem Leibe wie zerschmolzenes Wachs.

Meine Kräfte sind vertrocknet wie eine Scherbe, und meine Zunge klebt mir am Gaumen, und du legst mich in des Todes Staub.
Denn Hunde haben mich umgeben, und der Bösen Rotte hat mich umringt; sie haben meine Hände und Füße durchgraben.

Ich kann alle meine Knochen zählen; sie aber schauen zu und sehen auf mich herab.
Sie teilen meine Kleider unter sich und werfen das Los um mein Gewand.
Aber du, Herr, sei nicht ferne; meine Stärke, eile, mir zu helfen . . .
Es werden gedenken und sich zum Herrn bekehren aller Welt Enden und vor ihm anbeten alle Geschlechter der Heiden.
Denn des Herrn ist das Reich, und er herrscht unter den Heiden.
Ihn allein werden anbeten alle, die in der Erde schlafen; vor ihm werden die Knie beugen alle, die zum Staube hinabfuhren und ihr Leben nicht konnten erhalten . . .“

Zu ihrer eigenen Überraschung mußte Magda Hinrichsen feststellen, daß sie angefangen hatte zu weinen.
„Magda . . .“, sagte eine leise Stimme neben ihr, und eine knochige Hand suchte die ihre. „Ist doch schon gut, Magda.“
Sie drückte die Hand der Freundin, fühlte sich von deren Trost getragen.
„Danke, Magda.“ Nach und nach versiegten die Tränen.
Dann war die Predigt zu Ende, ein weiteres Mal wurde die Gemeinde zum Gesang aufgefordert. Magda Hinrichsen begann, wieder zu sich zu kommen. Kaum hatte jedoch der Organist mit der Einleitung zum Lied begonnen, als die Kirchentüren aufgerissen wurden. Der Beerdigungsunternehmer kam herein und mit ihm seine sechs Sargträger. Unternehmer Zwicker stand in dem Ruf, es stets eilig zu haben.
Er mußte sich gedulden. Pastor Falke sprach ein Gebet, der Tote wurde ausgesegnet, und noch einmal sang die Gemeinde. Schließlich wurde der Schlußsegen gesprochen. Die Gemeinde erhob sich. „Seine Schuhe sind nicht geputzt!“ flüsterte Magda Martens, als der Pastor, dem Sarg folgend, an ihnen vorüberschritt. „Und ein Knopf vom Talar ist offen!“
Magda Hinrichsen hatte jetzt andere Sorgen.
„Willst du noch ans Grab?“ fragte sie ihre Freundin.
Die schüttelte den Kopf. „Ich will noch zu Otto.“ Albert Otto hieß der Kaufmann im Dorf.

„Na dann bis später."
Sie trat aus der Bankreihe heraus, reihte sich in den langen Zug derer ein, die dem Sarg nachfolgten. Bei all ihrer Traurigkeit war sie doch froh, daß es so einfach gewesen war, sich von ihrer Freundin zu trennen. Magda Martens winkte ihr zu, als sie die Kirche verließ.
Zehn Minuten später stand sie wieder an der Kirchentür. Panecke, Panecke, dachte sie. Der Gang zum Grab war ihr nicht leicht gefallen, doch hatte sie es als ihre Christenpflicht angesehen, auch an diesem letztem Ort von ihm Abschied zu nehmen. Danach war sie sofort wieder zur Kirche zurückgekehrt.
Niemand war zu sehen. Schnell stieg sie die Treppe zur Empore hinauf, hoffte, dort niemanden anzutreffen. Ihre Hoffnung erfüllte sich. Die Empore war klein, außer der Orgel hatten nur noch einige Stuhlreihen auf ihr Platz. Von hier aus konnte man die ganze Kirche übersehen, keine Menschenseele befand sich mehr im Kirchenschiff. Nichts deutete darauf hin, daß hier vor wenigen Minuten eine Beerdigung stattgefunden hatte. Mit der für ihn typischen Geschwindigkeit hatte sich der Beerdigungsunternehmer ans Werk gemacht.
Ihr Herz klopfte. Leise umrundete sie die Orgel. Vor der Tür, die ins Orgelinnere führte, blieb sie stehen. Ein Gegenstand am Boden fiel ihr auf, ein gewöhnliches Küchenmesser. Kopfschüttelnd beugte sich Magda Hinrichsen und hob es auf. Das Messer hatte nichts Auffälliges an sich, ein altes Messer mit einem roten, abgeschabten Plastikgriff. Wer das bloß verloren hat, dachte sie, hier in der Kirche?
Sie wandte sich der Tür zu, sah einen Lichtschalter - sicher gehörte er zu einer Lampe im Inneren der Orgel - und betätigte ihn. Aus der Orgel ertönte ein unterdrückter Schrei. Erschreckt fuhr Magda Hinrichsen zurück, fühlte sich ertappt.
„Licht!" hörte sie es erneut aus der Orgel heraus rufen. Aus Versehen hatte sie wohl das Licht aus- statt angeschaltet. Wer mochte da nur in der Orgel sein? Sie überlegte wegzulaufen, verwarf aber den Gedanken sofort. Für so etwas war sie nicht mehr jung genug. Erneut betätigte sie den Lichtschalter, öffnete die Tür. Vor Erstaunen vermochte sie keinen Laut von

sich zu geben, starrte ungläubig die Person an, die sich jetzt anschickte, aus der Orgel herauszukommen. Schließlich fand sie ihre Sprache wieder:
„Magda“, sagte sie, „du hier?“

IX.

„Da sind Sie ja.“ Organist Moll reichte Jutta Fröhlich freudestrahlend die Hand. „Danke, daß Sie mir helfen wollen.“
Es war Karmontag. Die Temperaturen waren frühlingshaft warm, doch war es kein Osterwetter. Die Sonne hatte sich hinter dicken Wolken versteckt, Regen lag in der Luft.
Sie hatten sich vor dem Gemeindehaus getroffen: Organist Moll, um ein letztes Mal sein Konzert zum Gründonnerstag zu proben, und Jutta Fröhlich, die versprochen hatte, ihm beim Registrieren zu helfen. Der Organist hatte bislang allein geübt, nun sollte die alles entscheidende gemeinsame Probe stattfinden.
„Hoffentlich wird es keine Enttäuschung für Sie.“ Jutta Fröhlich lächelte unsicher. „Sie wissen, ich mache das zum ersten Mal.“
„Bei Ihrer Erfahrung wird das kein Problem sein.“
„Na ja, Xylophone sind doch etwas anderes.“ Jutta Fröhlich, Mitglied des Kirchenvorstandes und des Chores, leitete die Xylophongruppe der Kirchengemeinde. Jeden Donnerstag trafen sich unter ihrer Anleitung etwa fünfzehn Kinder, um an den Instrumenten zu üben.
Sebastian Moll lächelte. „Xylophone ... Ich habe mich schon manchmal gefragt, wie Sie zu diesem Instrument gekommen sind.“
„Habe ich Ihnen das nie erzählt?“ Jutta Fröhlich wirkte überrascht. „Eigentlich sollten es ja Trommeln sein. Aber das wäre dann doch zu exotisch gewesen.“
„Trommeln?“ Als gestandener Kirchenmusiker hatte Sebastian Moll keine Beziehung zu solch fremdartigen Instrumenten.
„Ja, Trommeln.“ Ihr Gesicht begann zu leuchten. „Ich war

zehn Jahre in Afrika, in Asamankese in Ghana, habe dort Mathematik unterrichtet. Zehn Jahre ... Es war die schönste Zeit meines Lebens. Man muß das erlebt haben, wissen Sie. Man kann das niemandem erzählen, der es nicht selbst erlebt hat. Afrika, das ist eine andere Welt!“ Sie seufzte. „Diese Offenheit, diese Wärme, die Fröhlichkeit der Menschen dort, ach ja, ... ich wollte nicht mehr nach Europa zurück. Aber es ging nicht anders. Und dann die Musik dort, der Rhythmus, er lebt dort in der Erde, in den Bäumen ... überall ... Afrika ist Rhythmus.“ Sie brach ab. „Ich träume schon wieder. Na ja, und aus den Trommeln sind dann hier in Klein Hasenberg Xylophone geworden.“ Sie zuckte mit den Achseln. „Man muß halt Kompromisse schließen.“

„Ja, ja.“ Sebastian Moll, für den Trommeln in das Dunkel kulturloser Zeiten gehörten, wechselte abrupt das Thema. „Ich habe Werke von Tunder, Buxtehude und Kraft für das Konzert am Donnerstag ausgewählt.“

„Tunder?“ fragte Jutta Fröhlich, die den Namen zum ersten Mal hörte.

„Ja, Tunder. Alle drei sind Organisten an St. Marien in Lübeck gewesen. Kraft in diesem Jahrhundert, er starb Anfang der achtziger Jahre bei einem Hotelbrand in Amsterdam.“ Er schüttelte den Kopf. „Scheußlich so etwas, scheußlich. Über Buxtehude brauche ich Ihnen ja wohl nichts zu erzählen. Und Tunder ... Tunder war der Vorgänger von Buxtehude an St. Marien.“

„Noch nie gehört“, gestand Jutta Fröhlich.

„Ein viel zu wenig beachteter Mann. Leider ist nicht sein gesamtes Oeuvre überliefert. Er stammte aus einer alten Fehmarner Familie. 1614 ist er geboren, und schon 1632, also mit nur achtzehn Jahren, ist er auf Schloß Gottorf als Organist der dortigen Hofkapelle zu finden. Beachtlich, finde ich, äußerst beachtlich. Zu seinen Aufgaben gehörte auch der Musikunterricht der jungen Adelsdamen, 'der fürstlichen jungen Fräuleins', wie man damals sagte.“

Sebastian Moll kicherte.

„Na und?“

„Na stellen Sie sich das doch einmal vor. Ein Achtzehnjähriger als Lehrer. Und vor ihm die schönsten jungen Damen, ungefähr sein Alter, so vierzehn, sechzehn Jahre alt. In ihren schönen Kleidern und so weiter. Welch eine Versuchung! Aber geheiratet hat er dann doch eine Bürgerliche, wie es sich damals gehörte. 1640 heiratet er die Tochter des Hofschneiders. Und ein Jahr später, Michaelis, kommt er nach St. Marien als Organist." Der erste Regentropfen fiel. „Wollen wir nicht . . ." Sebastian Moll hörte und sah nichts.

„Hier entstehen seine großartigen Werke. Seine Präludien, vor allem das Präludium g-moll, das ich spielen werde. Eigentlich, müssen Sie wissen, sind es keine Präludien. Streng genommen handelt es sich nämlich um Toccatenfugen. Hierin ist er zugegebenermaßen von Frescobaldi beeinflußt. Aber Tunder war einer der ersten, der die Präludien zu einer eigenständigen Kunstform gestaltet hat, auch außerhalb des Gottesdienstes. Ich sage Ihnen, ohne Tunder hätte es keinen Buxtehude gegeben."

Merkt er denn nicht, daß ich überhaupt nicht zuhöre, dachte Jutta Fröhlich. Sebastian Moll bemerkte nichts. Weitere Regentropfen fielen. Besorgt blickte sie nach oben. Der Organist schien für derart banale Dinge unerreichbar.

„Und Tunder war es auch, der dem Organistenamt zu eigenständigem, geachtetem Ansehen verholfen hat, zumindest in Norddeutschland. Das war nicht immer so, nein, wirklich nicht, wir haben Tunder viel zu verdanken. Vor seiner Zeit war der Kantor der eigentliche Kirchenmusiker, und der Organist war nur dazu da, den Gottesdienst musikalisch zu begleiten. Stupides Abspielen, Tastengeklimper. Organisten als Künstler, das gibt es eigentlich erst seit seiner Zeit. Heutzutage ist das natürlich anders, auch wenn die Pastoren es oft nicht begreifen. Die vertrauen immer nur ihrem eigenen Wort."

Ja, dachte Jutta Fröhlich, heute ist das wirklich anders. Alle Organisten, die sie kannte, fühlten sich als Künstler, meist zudem als unverstandene. Sebastian Moll mochte da keine Ausnahme machen.

„Wissen Sie, das hängt natürlich auch mit der Entwicklung der Orgeln zusammen. Drei Wochen, bevor Tunder sein Amt

in St. Marien anfing, war dort gerade eine neue Orgel . . ."
Er brach ab. Der Wolkenbruch, der sich schon lange angekündigt hatte, ließ nun nicht länger auf sich warten. Sebastian Moll, der einsah, daß es keinen Zweck mehr hatte, weiterhin den Naturgewalten zu trotzen, folgte Jutta Fröhlich aufs Wort.
„Kommen Sie endlich!" befahl sie voller Ungeduld. Die beiden rannten zur Kirche. Völlig durchnäßt erreichten sie das Seitenportal.
„Schließen Sie auf!"
Der Organist begann, in seinen Hosentaschen nach dem Schlüssel zu suchen, vergeblich, wie sich herausstellte.
„Ich habe ihn vergessen." Er wirkte verlegen. „Er muß noch im Auto sein."
„Ich warte hier." Der verärgerte Ton ihrer Stimme ließ sich nicht überhören. Jutta Fröhlich drückte sich in die Tür hinein, die wenigstens einen kleinen Schutz vor den herunterprasselnden Tropfen bot. Der Regen hatte in seiner Heftigkeit noch nicht nachgelassen. Als Sebastian Moll wieder die Kirche erreichte, troff er vor Feuchtigkeit.
„Wahrscheinlich gibt es hier nicht einmal ein Handtuch", bemerkte er, als sie sich endlich in der Sakristei befanden.
„Doch, am Taufbecken müßte eins liegen."
Sebastian Moll schüttelte sich. „Könnten Sie inzwischen die Sicherungen für Licht und Orgel einschalten?"
Jutta Fröhlich wandte sich dem Sicherungskasten zu, während Moll das Taufbecken aufsuchte, um mit Hilfe des Handtuchs wieder zur gesitteten Menschheit zurückzukehren.
„Sind die Sicherungen an?" fragte er, als sie sich, seine Trokkenübungen beobachtend, zu ihm gesellte.
„Ja. Die für die Orgel war übrigens schon an."
„Seltsam."
Sie durchschritten das Kirchenschiff, stiegen die Treppe zur Empore hinauf. Seit seinem unfreiwilligen Regenbad war Sebastian Moll wesentlich einsilbiger geworden. Er setzte sich auf die Orgelbank und betätigte den Schalter für den Orgelmotor. Jutta Fröhlich ging neben dem Notenhalter in Stellung. Sie mußte warten.
„Die Orgel springt nicht an. Sehen Sie, der Schalter steht auf

an, und was passiert?“ Er drückte eine Taste. „Nichts. Haben Sie wirklich die Sicherungen angeschaltet?“
Sie nickte.
Er versuchte sich ein weiteres Mal am Schalter, wieder ohne Erfolg.
„Und wenn Sie doch noch einmal an der Sicherung nachschauen...?“
Unwillig, doch der Notwendigkeit gehorchend, verließ sie die Empore.
„Ist die Sicherung eingeschaltet?“ hörte sie ihn von oben herab rufen.
„Ja!“
„Schalten Sie sie einmal aus!“ Sie tat, wie ihr geheißen.
„Und jetzt an!“
Auf der Empore waren Schritte zu hören. Allem Anschein nach war Sebastian Moll aufgestanden, um den Fehler an der Orgel selbst zu suchen.
„Einmal aus!“ hörte sie ihn erneut.
„An!“
Auf einmal ertönte ein Schrei. Sebastian Moll schrie. Ein Geräusch folgte, als ob ein Mensch zu Boden fiel. Danach war Stille.
Jutta Fröhlich drehte sich um, erschauderte. Was war passiert? Instinktiv schaltete sie die Sicherung aus, rannte durchs Kirchenschiff. Sebastian Moll war nirgendwo zu sehen. Sie stürmte die Treppe zur Empore hinauf, sah ihn langgestreckt vor der Orgel liegen. Lebte er noch?
„Oh . . .“ Die Hand an den Kopf haltend, begann der Organist, sich wieder aufzurichten.
„Sie haben mir einen Schrecken eingejagt.“ Jutta Fröhlich holte tief Luft, sah ihn vorwurfsvoll an. „Was war denn los?“
„Da . . .“ Benommen zeigte er in Richtung Orgel.
„Was 'da'?“
Dann sah sie es auch. Vor der Tür zum Orgelinneren lag ein Mann. Ein toter Mann, wie auf den ersten Blick erkennbar war. Seine Haut hatte bereits eine gelbe Farbe angenommen, nichts Lebendiges war mehr an ihm. Jutta Fröhlich spürte, wie ihr schwindlig wurde, wie auch sie sich festhalten mußte,

um nicht zu fallen. „Wer ist das?“ fragte Sebastian Moll mit vor Angst quiekender Stimme.
Jutta Fröhlich schüttelte den Kopf: „Keine Ahnung.“

X.

„Das war vielleicht ein Ding!“ Heiner Langmaack blickte sich deutlich deprimiert in der Runde um. Sie saßen im Vereinshaus der Concordia, gönnten sich nach der anstrengenden Chorprobe noch ein kleines Bier, ein wenig Geselligkeit. Hinrich Hinrichsen war dabei, Klaus Meyer, der Wehrführer, und auch Magda Hinrichsen fehlte nicht. An diesem Abend war auch Alfred Langbehn in ihrer Runde zu finden, der sich gerne abends zu einem kleinen Bierchen hier einfand.
„Mensch Heiner, erzähl doch!“ entfuhr es Hinrich Hinrichsen. Heiner Langmaack ließ sich das nicht zweimal sagen. Er holte tief Luft, die Zuhörer warteten.
„Es wäre beinahe schiefgegangen“, begann er. „Die beiden haben doch keine Ahnung. Die sind gleich zum Telefon gerannt und den Polizeinotruf gewählt. Wenn Alfred nicht geschaltet hätte, hätte ich überhaupt nichts davon erfahren.“
Alfred Langbehn nickte zustimmend. „Ich sah die beiden ins Gemeindehaus laufen. Wie die Wilden sind die gerannt. Na ja, die Fröhlich kennt das ja noch aus dem Busch. Jedenfalls, wie ich die beiden sah, da hab ich mir gleich gedacht, daß etwas passiert ist.“
Alfred Langbehn erinnerte sich noch allzugut, wie er selbst vor wenigen Tagen zum Pastorat gerannt war. Erst eine Woche war das her.
„Genau“, zog Heiner Langmaack das Gespräch wieder an sich, „und Alfred hat mich dann angerufen. Bin natürlich nichts wie hin. Ich mein, mußte ich ja, als Vorsitz . . . äh, als stellvertretender Vorsitzender vom Kirchenvorstand. Hochwürden war natürlich wieder nicht da. Einer mußte es ja in die Hand nehmen. Ich war noch vor der Polizei da“, fügte er stolz hinzu.

„Und dann?“ fragte Hinrich Hinrichsen, der wie gebannt auf Heiner Langmaack schaute.
„Und dann lag er da, der Herr von Haldern, Klaus heißt er, glaube ich. Mausetot war er, völlig daneben. War nichts zu machen.“
„Der zweite Tote in einer Woche“, bemerkte Magda Hinrichsen leise. Die Worte ihrer Freundin klangen ihr noch im Ohr. Ein Toter zieht den nächsten nach, hatte sie gesagt. Was wußte Magda eigentlich alles? Und was hatte sie in der Orgel zu suchen gehabt, in der Orgel, in der drei Tage später ein Mensch ermordet wurde? Magda Martens hatte keine überzeugende Antwort geben können.
Jemanden gehört hätte sie, hatte sie geantwortet, und sie hätte nachsehen wollen. Magda Hinrichsen mußte sich eingestehen, daß sie ihrer Freundin kein Wort glaubte.
„... Und es war Mord!“ fuhr Heiner Langmaack fort. „Gibt's gar nichts dran zu rütteln. Nicht schlecht gemacht übrigens. Mit Strom. Wer das gemacht hat, hatte Ahnung, Leute. Der wußte, was er tat.“
„Mit Strom?“ Klaus Meyer schüttelte sich. „Scheußlich.“
„Ach was.“ Heiner Langmaack wischte die Zwischenbemerkung mit einer Handbewegung zur Seite. „Tot ist tot. War ganz raffiniert, wie er das hingekriegt hat. Hat das eine Starkstromkabel, für die Orgel, ihr wißt, also das eine Kabel an den Türgriff und das andere an das Schlüsselloch gelegt. Von innen natürlich, außen war nichts zu sehen. Saubere Arbeit.“ Allem Anschein nach konnte Heiner Langmaack eine gewisse Bewunderung für den Täter nicht verhehlen.
„Das sagst du so.“ Alfred Langbehn mischte sich wieder ein. „Ich faß die Orgel nicht wieder an. Nicht, solange da so'n Verrückter in unserem Dorf rumläuft. Ich will doch nicht zu meinen fünfhundert Mann kommen, die ich unter meinen Füßen hab.“ Gemeint war der Friedhof, wie jeder wußte.
„Warum eigentlich der Herr von Haldern?“ forschte Magda Hinrichsen nach. „Was hatte der da oben zu suchen?“
„Armer Kerl.“ Heiner Langmaack schien erst jetzt bewußt zu werden, daß tatsächlich ein Mensch gestorben war. „War ein feiner Mann.“

„Bei euch war er doch auch zu Besuch“, erinnerte sich Klaus Meyer, „vor'm Vierteljahr, nicht wahr, Anfang Januar, oder?“
„Mensch Heiner, erzähl doch!“ Hinrich Hinrichsen brannte vor Neugierde.
„Genau. Anfang Januar war er bei uns. Gleich nach Silvester. Er hatte gehört, daß wir Zimmer vermieten. Na ja, und das tun wir ja auch. Vierzehn Tage war er bei uns.“
„Und was ist er für einer?“
„Ein ganz feiner, sag ich euch.“ Er machte eine Pause, schaute seine Zuhörer bedeutungsvoll an. „Er ist ein richtiger Adeliger, merkt man auch an seinem Benehmen, und seiner Familie hat mal das Gut Richthof gehört. Ist aber schon ein paar Jahre her. Deswegen war er ja auch bei uns, von wegen Familienforschung und so.“
„Familienforschung?“
„Ja. Gerlinde kann euch da mehr sagen, der hat er das genau erzählt, ich hatte ja immer zu tun. Aber, wenn ich das so richtig kapiert habe, dann ging das um irgendeine Seitenlinie, irgendeine Tochter, die hier auf einem der Höfe geheiratet hat oder 'nen Soldaten oder so. Hat er uns immer wieder nach gefragt, ob wir alte Papiere haben und alles das. Haben wir aber nicht, wißt ihr ja, ist alles verlorengegangen, als Großvater damals abgebrannt ist. Deshalb war er ja auch beim Pastor und hat in dessen Büchern rumgeschmökert. Da liegen noch ganz alte Wälzer, kann keiner mehr lesen, selbst ich nicht, sag ich euch, von wegen der alten Schrift. Aber der Herr von Haldern konnte das. Aber“, Heiner Langmaack zögerte, „wenn ich so richtig nachdenke, dann war irgend etwas nicht koscher mit ihm. Ich weiß nicht, aber irgendwie war der nicht nur auf Familie aus. Der hatte noch etwas anderes im Sinn - aber keine Ahnung. Also ... wenn ihr mich fragt, hat der irgend etwas gesucht.“
„In der Orgel?“ Alfred Langbehn schüttelte den Kopf. „Was soll man in einer Orgel schon suchen?“
„Was weiß ich, was er an der Orgel zu suchen hatte“, knurrte Heiner Langmaack zurück.
„Wo ist eigentlich Asmus?“
„Der ist noch bei der Polizei. Wird verhört, soviel ich weiß.

Seit heut nachmittag ist er schon da. Ganz schön lange, finde ich."
„Der Herr von Haldern hat doch bei Asmus gewohnt, jetzt zuletzt, meine ich. Ob der irgend etwas weiß?"
„Eins verstehe ich nicht", meldete sich nun wieder Hinrich Hinrichsen zu Wort, „ich meine, das gibt doch keinen Sinn. Wenn jemand die Orgel unter Strom setzt, dann kann das doch jeden treffen, der das Ding anfaßt."
„Oh ..." Magda Hinrichsen war plötzlich sehr blaß geworden.
„Was ist, Mutter?"
„Nein, nein. Schon gut."
„Ich meine", Hinrich Hinrichsen begann seine Brille zu polieren, „wenn ich jemanden umbringen will, dann sorge ich doch dafür, daß ich auch den erwische, auf den ich das abgesehen habe. Ich morde doch nicht einfach so in der Gegend rum. Aber ich meine, diese Orgeltür, die konnte doch praktisch jeder anfassen. Also ich würde das anders machen."
„Du redest, als ob du dabei warst", knurrte Heiner Langmaack. „Denk doch mal nach." Hinrich Hinrichsen verfiel in einen dozierenden Tonfall. „Da setzt jemand die Orgeltür unter Strom. Und dann wartet er, wer wohl als nächster die Tür anfaßt? Unsinn. Das macht man nur, wenn man genau weiß, wer als nächster dort hineinwill."
„Aber was sollte der Herr von Haldern denn mit der Orgel zu tun haben?" widersprach Klaus Meyer.
„Eben. Deshalb ja. Entweder, jemand wußte, daß der Herr von Haldern als nächster zur Orgel kommen würde, oder der Mord galt jemand anderem. Wahrscheinlich ja dem Organisten. Oder ...", erschrocken brach er ab. Aber es war bereits zu spät.
„Oder mir", vervollständigte Alfred Langbehn den Satz. „Na dann, danke."
Oder mir, dachte Magda Hinrichsen.
„Oder aber", Hinrich Hinrichsen versuchte, seinen Fehler wiedergutzumachen, „es wußte doch jemand, daß der Herr von Haldern als nächster in die Kirche kommen würde."
„Wie ist er eigentlich hineingekommen?" Klaus Meyer

wandte sich Alfred Langbehn zu. „Ich denke, eure Kirche ist immer abgeschlossen.“
„Keine Ahnung“, antwortete Heiner Langmaack an Langbehns statt. „Keine Ahnung. Vielleicht stand die Tür offen.“
„Stand sie nicht“, widersprach Alfred Langbehn.
„Unsere Kirche steht nie offen.“ „Wer sollte denn wissen, daß der Herr von Haldern zur Orgel gehen würde“, gab Klaus Meyer zu bedenken.
„Also wenn, dann nur einer von hier. Keiner von draußen, sag ich euch.“
„Zuletzt hat er bei Asmus gewohnt.“ Hinrich Hinrichsen runzelte die Stirn. „Ob der etwas weiß?“
Asmus, dachte Heiner Langmaack plötzlich. Asmus und Herr von Haldern, der Herr von Haldern und Asmus. Was war da gewesen, was hatte Asmus gesagt: Ein Idiot hätte behauptet, sein Vater hätte den Panecke umgebracht. Und das war gewesen, bevor der Paneck überhaupt erst gefunden wurde. Und dann, wie wortkarg Asmus gewesen war, als er nach dem Herrn von Haldern gefragt hatte. Irgend etwas war faul, das hatte er da schon gedacht. Und wer bitte hätte außer Asmus im Dorf wissen sollen, daß der Mann zur Orgel gehen würde? Keiner natürlich.
„Ich möchte bloß wissen, warum Asmus das gemacht hat“, sagte Heiner Langmaack leise zu sich selbst.
„Was hast du gesagt?“ Hinrich Hinrichsen sah ihn fragend an.
„Ach, nichts.“

XI.

Er drückte auf den Klingelknopf. Frank Falke schwitzte, hatte eine gewisse Ahnung von dem, was ihm bevorstand. Immerhin hatte Propst Hansen ihn in seine Privatwohnung bestellt und nicht in sein Arbeitszimmer in der Kirchenkreisverwaltung, es würde also ein vertrauliches Gespräch werden. Das wenigstens war ein gutes Zeichen.
Der Propst öffnete die Tür. Er mochte um die Sechzig sein, hatte graues, schütteres Haar und ein hageres Gesicht.

„Kommen Sie herein, Bruder Falke."
Gehorsam folgte der so Angesprochene.
„Haben Sie Ihre Karfreitagspredigt schon fertig?" wollte der Propst wissen, als sie sich gemeinsam ins Wohnzimmer begaben.
„Nein. Noch nicht einmal angefangen. Es war einfach zuviel los." Propst Hansen sah ihn tadelnd an.
„Das sollten Sie aber nicht zur Angewohnheit werden lassen. Sie hätten doch heute vormittag schon anfangen können. Jetzt werden Sie den ganzen Abend daran sitzen müssen."
Es war der Nachmittag des Gründonnerstages. Ein Feiertag, in gewisser Hinsicht und bis zu einem gewissen Grade selbst für Pastoren. Verantwortungsvolle Amtsbrüder, so vermutete Frank Falke, hatten in diesem Moment ihre Predigt bereits fertig vor sich liegen. Wahrscheinlich machte auch der Propst da keine Ausnahme.
„Werden Sie den Ermordeten beerdigen?"
„Nein. Er wird in Schleswig beigesetzt werden."
„Schleswig?"
„Ja. Die Familie besitzt dort ein Erbbegräbnis, soviel ich weiß."
„Ah ja. Setzen Sie sich."
Frank Falke blickte sich schüchtern um. Das Wohnzimmer von Propst Hansen war der Würde seines Amtes durchaus angemessen, war beherrscht von düsterer, respekteinflößender Eleganz. Die Möbel, allesamt aus dunklem Eichenholz, mochten gut ihre hundert Jahre alt sein. Er setzte sich in einen der schweren, schwarzen Ledersessel, die in der Mitte des Raumes zu einer kleinen Sitzgruppe gefügt worden waren.
„Wie geht es Ihnen, lieber Amtsbruder?" fragte Propst Hansen jetzt überraschenderweise. „Schreckliches Ereignis, das sich bei Ihnen da zugetragen hat!"
Frank Falke nickte. „Ein Mord ... in unserer Kirche ... Es war der erste Tote, den ich in meinem Leben gesehen habe."
„Der erste Tote?" Der Propst wirkte irritiert. „Haben Sie noch nie einen Sterbenden begleitet? Solchen Aufgaben dürfen Sie sich nicht verschließen, Bruder Falke!"
„Ich habe schon Sterbende begleitet. Zweimal, um genau zu

sein. Allerdings“, er zögerte, „nur, solange sie lebten.“ Die unfreiwillige Komik des Satzes entging ihm. „Sie wissen, warum ich Sie hergebeten habe?“ Propst Hansen kam jetzt zur Sache, deutete auf die Tageszeitung, die aufgeschlagen auf dem Sofatisch lag. Er schüttelte vorwurfsvoll den Kopf. „Wie konnten Sie nur so etwas sagen? Oder haben Sie es nicht gesagt?“ Frank Falke schluckte. „Es war ein Versehen“, sagte er leise. „Ein Versehen?“

„Ja, wissen Sie, als der Reporter da war, da hat er mich so vieles gefragt: zu unserer Kirche, zu dem Herrn von Haldern, ob ich ihn persönlich gekannt hätte, zu unserer Orgel und so weiter. Und als das alles vorbei war, in der Tür, wissen Sie, da habe ich dann aus Spaß gesagt ...“

„Aus Spaß?“ fuhr der Propst dazwischen, „aus Spaß!“ Empört nahm er die Zeitung zur Hand. „Ein Mann stirbt für die Orgel“, las er vor. Frank Falke zuckte zusammen. Das war die Überschrift des Artikels über den Hasenberger Mordfall gewesen. „Wie Pastor Falke mitteilte“, las der Propst unbarmherzig weiter, „sei der Ermordung von Claus von Haldern auch eine positive Seite abzugewinnen. Die Nöte der Klein Hasenberger Gemeinde, ihre Orgel betreffend, seien nun nicht mehr zu überhören. Über das Vorhaben der Orgelsanierung haben wir bereits an anderer Stelle berichtet.“

Der Propst legte die Zeitung beiseite.

„Aus Spaß, Bruder Falke, aus Spaß! Sie sind noch sehr unerfahren, Bruder Falke, sehr unerfahren! Über Tote spaßt man nicht!“

„Nein.“

„Nun gut. Lassen Sie sich das eine Lehre sein. Was wissen Sie eigentlich über die ganze Geschichte?“

„Nur das, was in der Zeitung stand.“

„Er ist doch bei Ihnen gewesen, nicht wahr? Die Zeitung machte da gewisse Andeutungen.“

Frank Falke richtete sich auf. „Ja, er war bei mir. Anfang Januar war das. Ein netter älterer Herr, obwohl“, er lachte kurz auf, blickte unsicher zum Propsten hinüber, „etwas zu bestimmend, fand ich. Er bat darum, die alten Familienstammbücher einsehen zu dürfen. Wir haben ja noch die Kirchenakten seit 1635, also noch aus der Zeit des Dreißigjährigen Krieges. Es sind zwar Lücken darin, aber das meiste ist doch erhalten."

„Ja und?" murmelte der Propst ungeduldig.

„Er bat mich nämlich, ihm die ältesten Kirchenbücher zu zeigen, die wir haben. Sie haben sicher gelesen, daß er der letzte noch lebende Nachfahre derer von Wetken war. Außer ihm lebt nur noch eine Cousine väterlicherseits, also keine direkte Abstammung, da seine Mutter eine von Wetken war. Die von Wetkens waren rund zweihundert Jahre die Herren auf Richthof, das ist das ehemalige Gut, das zu meiner Gemeinde gehört. Dessen Geschichte ist auch gut erforscht, soviel ich weiß, ich glaube, es gibt ein Buch darüber. Und das war es auch nicht, was der Herr von Haldern suchte."

„Sondern?"

„Eine Tochter derer von Wetken hat Anfang 1600 in das Klein Hasenberger Vorwerk eingeheiratet. Ich habe noch einmal in unserer Dorfchronik nachgelesen. Vorwerke waren kleinere Güter, die von der Obrigkeit an adelige oder bürgerliche Pächter vergeben wurden. Die Bauern der Umgebung waren auf diesen Vorwerken dienstpflichtig und mußten tageweise dort arbeiten . . ."

„Ich weiß", unterbrach ihn Propst Hansen.

„Die Klein Hasenberger haben es damals sicher nicht einfach gehabt, es gab hier nur sieben Hofstellen, Handwerker mit kleinen Kohlgärten und einer kleinen Allgemeinweide. Das Hasenberger Vorwerk war übrigens das erste, das im ganzen Amt Reinfeld niedergelegt wurde, 1743 war das. Die Bauern mußten sich freikaufen und hatten das Eigentum an ihren Häusern und Feldern zu erwerben . . ."

„Bruder Falke!" Propst Hansen unterbrach ihn mit ernstem Blick.

„Es ist ja schön, daß Sie so ein reges Interesse für die Geschichte Ihres Dorfes zeigen. Aber bitte, was hat das mit dem Tod dieses Herrn von Haldern zu tun? Und was hatte dieser Mann an der Orgel zu suchen?"

„Ich weiß es nicht."

„In der Zeitung stand, daß er einen Dietrich benutzt hat."

„Ja, das habe ich auch gelesen. Ich weiß nicht, was er an der Orgel wollte.“
„Hat er mit Ihnen über die Orgel gesprochen?“
„Nein.“
„Apropos Orgel: Hat die Polizei Sie befragt?“
„Ja, das hat sie. Ich konnte ihnen aber nicht weiterhelfen.“
„Schade, zu schade. Nun gut, Bruder Falke, lassen Sie sich das eine Lehre sein. Der Umgang mit der Presse will gelernt sein, vergessen Sie das nicht. Wir leben in einer kirchenfeindlichen Zeit, und die Medien sind immer bereit, einen Skandal um die Kirche auszuschlachten.“ Er warf Frank Falke einen scharfen Blick zu. „Und in meinen Augen, lieber Bruder, ist Ihre Äußerung ein Skandal. Lernen Sie daraus!“
„Ja.“
„Ich wünsche nicht, daß so etwas noch einmal vorkommt.“
Der Propst machte Anstalten, sich zu erheben.
„Was gibt es noch“, fragte er, als er bemerkte, daß Frank Falke noch auf seinem Sessel verharrte.
„Ich dachte“, begann dieser schüchtern, „ich meine, wenn ich schon mal hier bin, ich meine, wegen der Orgel. Ich wollte fragen, ob der Kirchenkreis uns Zuschüsse geben kann.“
Propst Hansen setzte sich wieder. „Orgeln sind Angelegenheit der Kirchengemeinde“, stellte er nüchtern fest. „Das müssen Sie schon alleine schaffen. Sie müssen verstehen, bei siebzehn Gemeinden in unserem Kirchenkreis . . .“
Das ist ja noch einmal glimpflich abgelaufen, dachte Frank Falke, als er wieder im Auto saß. Der Propst hatte ihn ermahnt, nicht ganz zu Unrecht, wie er sich eingestehen mußte. Es war wirklich eine idiotische Bemerkung gewesen. Wer hätte aber auch ahnen können, daß der Reporter ausgerechnet diesen Satz zur Schlagzeile erheben würde? Es war auch nicht der Bärley gewesen, erinnerte er sich, sondern einer aus der Zentralredaktion. Frank Falke überlegte, wie sein Tag weitergehen solle. Zu Hause erwartete ihn niemand. Annette befand sich auf einer Tagung der Schleswig-Holsteinischen Kunstschaffenden. Sie hatten sich deswegen miteinander gestritten. Zwar würde sie Ostersamstag wieder zurück sein, aber trotzdem war er ärgerlich, daß sie ihn ausgerechnet über Karfrei-

tag allein ließ. Die Karfreitagspredigt lag vor ihm, er mochte noch gar nicht daran denken. Das würde wieder eine Nachtsitzung werden.

Abrupt bremste Frank Falke den Wagen ab, bog in einen kleinen Feldweg ein und stoppte. Die Landschaft hier mochte er gerne, weite Felder auf sanften Hügeln, umrahmt von Knicks, man spürte die Nähe der Geest. Jetzt zu dieser Jahreszeit war alles beherrscht von frischem Grün. Aber heute hatte er keinen Blick dafür. Er griff zur Zeitung, die auf dem Beifahrersitz lag. Sicherheitshalber hatte er sie mitgenommen. In einem gesonderten Artikel hatte sich der Reporter über die historischen Forschungen des Verstorbenen ausgelassen. Obwohl Frank Falke den Artikel fast auswendig konnte, las er ihn ein weiteres Mal:

Tödliche Vergangenheit?

Führt der Schlüssel zu dem Mordfall in die Vergangenheit? Claus von Haldern, unverheiratet, Privatgelehrter mit nicht unbeträchtlichem Vermögen, war der Historie auf der Spur, als er ermordet wurde. Die Familie von Wetken, deren letzter Sproß er war, war seit 1587 auf dem Gut Richthof bei Klein Hasenberg ansässig. In diesem Jahr heiratet Margareta von Stiten den Sohn eines Hamburger Bürgermeisters, Joachim Wetken. Margaretas Bruder, Gottschalk von Stiten, ist zu dieser Zeit Besitzer von Richthof. Im Jahr 1600 stirbt er kinderlos, das Erbe geht auf Margareta über, die Witwe Gottschalks wird mit einem Vergleich abgefunden. Acht Jahre später läßt sich Joachim Wetken von Kaiser Rudolf II. die Besitztümer und Privilegien des Gutes bestätigen. In dieser Urkunde, ausgestellt am 3. März 1608 auf Schloß Gottorf, wird die Familie zugleich in den erblichen Adelsstand erhoben. 1610 stirbt Joachim von Wetken, sein ältester Sohn Claus wird der Hoferbe. Fünf Jahre später heiratet Claus von Wetken Maria von Netgens, Erbherrin auf Steinrade. Aus dieser Ehe gehen zwei Kinder hervor, und der jüngeren Tochter Elisabeth scheint das Interesse des verstorbenen Claus von Haldern gegolten zu haben. Über sie ist lediglich bekannt, daß sie 1640 Thomas von Wedderkop heiratet, den Pächter des Klein Hasenberger Vorwerks.

Waren es nun diese Forschungen, die Claus von Haldern den Tod brachten? Wonach war er auf der Suche? Was hatten seine Forschungen mit der erst 1885 erbauten Marcussen-Orgel zu tun? Fragen, auf die es vielleicht niemals eine Antwort geben wird.

Und in einem Kasten war die Bestätigungsurkunde Kaiser Rudolfs II. abgedruckt:

Und gebieten darauf allen und jeden, Kurfürsten, Fürsten, geistlichen und weltlichen Prälaten, Grafen, Freien, Herren, Rittern, Knechten, Landvögten, Hauptleuten, Witzdomben, Vögten, Pflegern, Verwesern, Amptleuten, Landrichtern, Räten, Bürgern, Gemeinden und sonst allen andern Unserer und des Reiches Unterthanen und Getreuen, wes Würden, Standes oder Wesens sie seien, ernstlich und festiglich mit diesem Brief und wollen, daß sie oftgedachten Joachim von Wetken, den in den adeligen Stande Wir in Unserer unbegreiflichen Gnade erhoben, daß sie ihn an den obgeschriebenen Briefen und dieser Unserer Majestät Confirmation und Bestätigung nicht hindern noch irren, sondern ihn derselben geruhiglich freuen, gebrauchen, genießen und gänzlich dabei bleiben lassen, hierwider nicht tun, noch das jemand anderem gestatten, in keiner Weise noch Weg, als lieb einem jeden sei, Unser und des Reiches schwere Ungnade und Strafe und dazu an Poen benanntlich dreißig Mark lötigen Goldes zu vermeiden, die ein jeder, sooft er freventlich hierwider täte, Uns halb in Unsere des Reiches Kammer und den anderen halben Teil vielgedachtem Joachim von Wetken und seinen Erben ohne Nachlaß zu bezahlen verfallen sein soll. Mit Urkunde dieses Briefes besiegelt mit Unserm Kaiserlichen anhängenden Insigel.
Gegeben zu Schloß Gottorf am 3. März 1608.
gez. Rudolf Imperator

Tödliche Vergangenheit? dachte Frank Falke. Angefangen hatte alles mit der Uhr des August Paneck - warum, wußte er auch nicht zu sagen, trotzdem war es so - der Uhr, die der Orgelbauer vor rund einem Monat gefunden hatte. Und dann letzte Woche das Skelett, das der Küster auf dem Dachboden entdeckt hatte. Ein ermordeter Mann, auch er, vermutlich der August Paneck. Und jetzt der Herr von Haldern. Waren das alles Zufälle? Tödliche Vergangenheit - was hatte Pastor Böhme über seinen Organisten geschrieben, er sei ein Kenner alter Sprachen und Schriften? Eigentlich sollte ich ja jetzt schon an der Predigt sitzen, dachte Frank Falke. August Paneck und der Herr von Haldern, der Organist hatte als Flüchtling bei Wilhelm Ahrholz gewohnt, hatte man im Dorf erzählt. Und ... der Herr von Haldern auch, bei Asmus Ahrholz, fiel ihm ein, jetzt zuletzt, vor seinem Tod. Asmus Ahrholz und August Paneck und der Herr von Haldern. Der Herr von Haldern und Asmus Ahrholz und August Paneck. August Paneck und ... Gab es da Zusammenhänge? Frank Falke schüttelte den Kopf und legte die Zeitung beiseite. Es war Zeit, nach Hause zu kommen.

XII.

Renate Roßmann machte sich Sorgen. Nicht wegen der Zigarette, die sie in der Hand hielt, es war die dritte, seit sie diesen Raum betreten hatte, und die ich-weiß-nicht-mehr-wievielte an diesem Tag. Nachdem sie beinahe dreieinhalb Wochen das Rauchen aufgegeben hatte, rauchte sie nun mehr als zuvor.
Sie befand sich im Feuerwehrhaus. Schnell ließ sie ihren Blick über die Tische gleiten, alles war vorbereitet. Kaffee stand auf dem Tisch, Tassen, Biergläser, Flaschen, Kekse, Aschenbecher, die Sitzung konnte beginnen. Ostern war vorüber, und das Sängerfest mußte geplant werden, das jedes Jahr zu Pfingsten in Klein Hasenberg stattfand. Die Sorgen der Bürgermeisterin galten jedoch nicht den bevorstehenden Festlichkeiten. Es war die Stimmung im Dorf, die ihr Kummer bereitete. Das Dorf hatte sich auf die Suche nach einem Mörder gemacht, die Polizei hatte noch keine Ergebnisse vorweisen können. Suche? Nein, dachte sie, hier wird nicht gesucht, das war nicht das richtige Wort. Hier ging es ums Verurteilen. Das Wort vom 'Kurzen Prozeß' fiel ihr ein, das

Dorf hatte solche Zeiten vielleicht schon einmal durchgemacht, damals, in der Zeit, über die niemand sprechen wollte. Als Hinzugezogene wußte sie es nicht genau, ahnte mehr als sie wußte.
Die Tür öffnete sich, und Heiner Langmaack kam herein. Ihm folgten auf dem Fuße Klaus Meyer und Klaus Meyer, der Amtswehrführer voran, ganz wie es sich gehörte. Schließlich betrat auch Hinrich Hinrichsen den Raum. Bis auf Asmus Ahrholz war die Runde nun vollzählig.
„Wollen wir anfangen?"
„Asmus fehlt noch", bemerkte die Bürgermeisterin.
„Na und, der ..." Heiner Langmaack winkte ab, der Satz blieb unausgesprochen im Raum hängen.
„Wir warten!" stellte sie kategorisch fest.
„Na Klaus, wirst du diesmal besser auf dich aufpassen?" witzelte der Amtswehrführer.
„Wieso?" fragte Hinrich Hinrichsen unschuldig. „Was war denn?"
Auch Heiner Langmaack sah den Wehrführer überrascht an. „Ist was passiert?"
„Du meinst das letzte Sängerfest, nicht wahr?" Renate Roßmann grinste.
„Genau!"
„Ihr wart nicht dabei." Sie schaute Heiner Langmaack und Hinrich Hinrichsen an. „Das war in der Nacht nach dem Ball, ich glaube, so um vier Uhr morgens. Die beiden da", sie zeigte auf die beiden Feuerwehrleute, „Asmus und ich sind gemeinsam nach Haus. Und Klaus hatte wohl ein bißchen viel getankt. Hatten wir ja alle. Und ihr wißt doch, da war doch die Baugrube, die hatten wir noch vorsichtshalber abgesperrt und 'ne Lampe drangehängt. Na, und dann war's passiert."
„Was war passiert?" Hinrich Hinrichsen brannte vor Neugier.
Klaus Meyer wirkte sichtlich verlegen. „Muß das sein?"
„Hab dich nicht so! Passiert ist passiert."
„Könnt ihr euch doch vorstellen, was los war. Auf einmal war Klaus weg. Ganz plötzlich, ohne daß einer von uns etwas gehört oder gesehen hätte. Na, dann haben wir ihn natürlich gesucht. Und auch gefunden. Lag in der Baugrube wie 'n Mai-

käfer und blinkte. Hat keinen Laut von sich gegeben, nur alle viere von sich gestreckt und die Birne obenauf. War 'ne schöne Arbeit, dich da rauszuholen. Aber", sie lachte, „Licht hatten wir ja wenigstens."

Die Tür ging auf. Asmus Ahrholz kam herein. „So, da bin ich."

„Hmm . . ."

„Na und?"

„Bist du wieder verhört worden?"

„Laßt uns anfangen", befahl die Bürgermeisterin, die die gespannte Atmosphäre sofort bemerkte. Jeder holte sich einen Stuhl. Heiner Langmaack, der eben noch neben Asmus Ahrholz gestanden hatte, kurvte um den Tisch herum und setzte sich auf die andere Seite zu den anderen. Asmus Ahrholz blieb allein. Die Bürgermeisterin setzte sich ans Kopfende des Tisches.

„Ich eröffne hiermit die Sitzung. Nun, wie sieht das aus mit dem Fest? Alles geplant?"

„Jawohl!" Heiner Langmaack schaute die Runde durchdringend an.

„Das war vielleicht ein Ding, diesmal. Aber wir haben es wieder geschafft. Der auf dem Bauamt hat ja völlig gesponnen. Da sitzt jetzt so 'n junger Spund, von nichts 'ne Ahnung, und wollte das Festzelt nicht genehmigen. Na, ich nichts wie hin und dem meine Meinung gesagt. Ganz kleinlaut ist der geworden, der Schnösel. Na, und das Zelt kommt wieder von Hermann, der hat das ja auch schon die letzten Jahre geliefert, zu den gleichen Konditionen wieder. Drei Tage vorher wird das Zelt gebracht, die Feuerwehr hilft beim Aufbauen", er blickte in Richtung Amtswehrführer, der zustimmend nickte, „und dann hält immer einer Brandwache von der Feuerwehr, wie in den letzten Jahren auch."

„Ist besprochen", warf der Wehrführer ein. „Die Kameraden wissen Bescheid."

„So? Gut. Die Gastronomie übernimmt wieder die Familie Schulze aus Glückhoff, die kennen das ja auch, mit denen haben wir gute Erfahrungen, und die Preise stimmen bei denen wenigstens. Ihr glaubt ja gar nicht, was man heute bei solchen

Festen sonst zahlen muß. Und nun kommt der Knaller: Zehn Vereine kommen zu uns. Und als besondere Attraktion der Polizeichor Lübeck. Das sind sechzig Mann.“ Er blickte stolz in die Runde.
„Wenn dir das nichts ausmacht, Asmus.“ Klaus Meyer lächelte süffisant. „Mit der Polizei, meine ich. Sonst kannst du an dem Abend ja zu Hause bleiben.“
„Und die Finanzen?“ fragte Renate Roßmann schnell.
Asmus Ahrholz, der für die Finanzen der Concordia zuständig war, blickte finster vor sich her.
„Die Finanzen . . .“
„Sind geklärt“, fuhr Heiner Langmaack dazwischen. „Ich werde mich diesmal selbst drum kümmern. Die Karten an der Abendkasse kosten zehn Mark, das ist ’ne Mark mehr als letztes Jahr, aber wird sowieso alles teurer, und das Programm ist auch besser diesmal. Ich mach das schon.“
„Du hast dich doch sonst nicht darum gekümmert“, wunderte sich der Wehrführer.
„Ist besser so.“
Renate Roßmann holte tief Luft. Das konnte doch nicht wahr sein, was hier geschah. „Seid ihr denn alle verrückt geworden“, polterte sie los. „Asmus ist Kassenwart der Concordia.“
„Na und?“ Heiner Langmaack schaute unbeteiligt zur Decke.
„Also macht er die Finanzen oder nicht?“
„Wenn er in einem Monat noch da ist . . .“
„Halt den Mund!“ zischte Asmus Ahrholz dazwischen.
„Und warum sollte er in einem Monat nicht mehr da sein?“
„Frag doch Asmus“, mischte sich jetzt Klaus Meyer, der Amtswehrführer, ein. „Ich glaube, wir hätten da alle ein paar Fragen. Seine Gäste sterben so plötzlich.“
Was wird das hier, dachte die Bürgermeisterin, ein Tribunal? Sie griff nach ihren Zigaretten. Was ist bloß in die gefahren? Auf der anderen Seite war es vielleicht wirklich besser, wenn Asmus auf die eine oder andere Frage Auskunft geben würde.
„Was für Fragen?“
„Frag ihn doch mal, was der Herr von Haldern bei ihm gewollt hat. Uns mochte er das ja nicht sagen.“
„Und frag ihn doch mal, wie er in die Kirche hineingekom-

men ist.“ Klaus Meyer grinste hämisch. „Hast du auch einen Dietrich, Asmus?“
„Und frag ihn“, fügte Hinrich Hinrichsen schüchtern hinzu, „wo das Küchenmesser von Regina, seiner Frau, geblieben ist. Meine Mutter hat nämlich eins an der Orgel gefunden.“
Asmus Ahrholz machte Anstalten aufzustehen.
„Hiergeblieben!“
Er setzte sich wieder.
„So, nun reicht's!“ Sie bedachte alle Anwesenden mit einem scharfen Blick. „Was fällt euch eigentlich ein! Bloß weil der Herr von Haldern bei Asmus gewohnt hat, hat er es doch nicht getan.“
„Sagt ja auch keiner.“ Heiner Langmaack blickte nach wie vor zur Decke.
„Nehmt doch Vernunft an, Kinders. Und du, Asmus, rede! Was wollte der Herr von Haldern bei dir?“
Asmus Ahrholz saß mit verschränkten Armen am Tisch, blickte wütend in die Runde. „Ihr spinnt alle“, sagte er leise.
„Schon gut. Und weiter?“
„Ich hab den Kerl nicht umgebracht. Ich war noch nie in der Orgel. So ein Blödsinn! Das einzige, was ich über das verfluchte Ding weiß, ist, daß es bei Vaters Beerdigung nicht gespielt hat. Nichts als Ärger mit eurer Orgel.“
„Es ist nicht meine Orgel“, widersprach Heiner Langmaack.
„Was wollte der Herr von Haldern bei dir?“ fragte die Bürgermeisterin eindringlich.
Asmus Ahrholz starrte sie feindselig an. Schließlich gab er sich einen Ruck.
„Na gut. Aber genaugenommen geht euch das überhaupt nichts an. Außerdem hab ich schon gesagt, was er wollte, forschen nämlich.“ Sein Tonfall begann, versöhnlicher zu werden. „Ihr wißt doch noch, daß er schon einmal im Dorf war, Anfang Januar. Da hat er bei dir gewohnt, Heiner, nicht bei mir. Aber meinen Vater hat er besucht, die beiden haben sich gleich gut verstanden.“ Asmus Ahrholz schüttelte den Kopf. „Hab ich da schon nicht verstanden. Und jedenfalls hat er meinem Vater versprochen, versprechen müssen, sagt er, daß er die alten Akten aufarbeitet, die mein Vater gesammelt hat.

Deswegen war er wieder da. Vater ist ja kurz darauf gestorben. Was sollte ich denn machen, ich konnte ihn doch nicht vor die Tür setzen, ich mein, Vater hatte ihn doch darum gebeten."
„Und was waren das für Akten?" Hinrich Hinrichsens alte Neugierde war wieder erwacht.
„Familienforschung, hab ich doch schon gesagt. Wir haben doch noch 'ne ganze Menge von dem Zeug."
„Und du hast Streit gehabt mit ihm." Heiner Langmaack sah Asmus Ahrholz triumphierend an. „Weil der Herr von Haldern gewußt hat, daß dein Vater den Panecke ermordet hat. Und deshalb hast du ihn umgebracht."
Asmus Ahrholz lief knallrot an. „Lüge!" brüllte er.
„Erzähl mir nichts." Heiner Langmaack war seiner Sache sicher. „Das hast du selbst gesagt, daß der Herr von Haldern gesagt hat, dein Vater hätte den Panecke umgebracht."
„Stimmt!" fiel jetzt Klaus Meyer ein, der sich nun auch an Asmus' seltsames Verhalten erinnerte. „Das war an dem Tag gewesen, nachdem man den Panecke gefunden hatte."
„Habt ihr Streit gehabt?" fragte die Bürgermeisterin sanft. „Wegen dem Panecke?"
„Ach was. Ein bißchen laut geworden sind wir, vielleicht. Ich mochte den Kerl sowieso nicht, Adel hin oder her. Und es ist mir schleierhaft, wie er auf den Trichter mit dem Panecke gekommen ist. Der hat ja damals auch bei uns gewohnt", erläuterte er, „damals. Mein Vater hat mal erzählt, daß der Panecke ihm auch bei den alten Papieren geholfen hätte. Der konnte ja Latein und so was. Und nun sind beide tot. Ich mein, der Panecke und der Herr von Haldern." Asmus Ahrholz schüttelte sich.
„Das findest du witzig, was?" warf Klaus Meyer ein.
„Nein."
„Und was wollte der Herr von Haldern an der Orgel? Dir hat er doch davon erzählt, oder? Du hast das doch gewußt."
„Hab ich nicht. Nichts hat er gesagt, nichts."
„Vielleicht hat er etwas gesucht." Hinrich Hinrichsen überlegte.
„Vielleicht alte Papiere oder so."

„Quatsch!“ Asmus Ahrholz schüttelte abweisend den Kopf. „Unsinn! Das geht doch gar nicht. Wie soll das funktionieren, hä? Zwischen den vielen Pfeifen ist doch überhaupt kein Platz . . .“
Heiner Langmaack begriff es als erster. Totenstille breitete sich aus.
„Asmus“, sagte er leise, „ich denke, du warst noch nie in der Orgel.“

XIII.

Magda Hinrichsen war am Möhren drillen. Ganz zufrieden war sie mit sich nicht, die Saatreihen waren nicht besonders gerade geraten. Ich werde alt, dachte Magda Hinrichsen. Früher wäre ihr das nicht passiert, aber da ging die Arbeit auch noch leichter von der Hand, und Hinrich war auch nicht da, der mit einer Leine hätte helfen können, gerade Linien zu ziehen. Wie sollte er auch, am Vormittag? Vielleicht war es auch gar nicht ihr Alter, vielleicht – auch wenn sie es sich nur ungern eingestand – war es ihre alte Ungeduld. Sie hätte ja bis zum Abend warten können, die Tage waren jetzt – Mitte April – lang genug, und mit Hinrichs Hilfe wäre es kein Problem gewesen, ordentliche Reihen zu ziehen. Aber geschehen war geschehen.
Sie stellte die kleine Drillmaschine zur Seite, bückte sich, um sich mühsam auf ihre Knie zu setzen. Die Arbeit im Garten tat ihr gut, und nach wie vor war der Gemüsegarten ihr Revier, auch wenn es sich jetzt um eine erheblich kleinere Fläche handelte als in vergangenen Zeiten. Früher einmal hatte der Gemüsegarten den ganzen Hof umgeben, das große backsteinerne Haupthaus, das für sie beide viel zu viel Platz bot, bis hin zur Scheune hatten sich die Beete erstreckt. Jetzt war das meiste mit Rasen eingesät.
Magda Hinrichsen begann, die Saatreihen mit den Händen zuzuschütten, schob vorsichtig den Sand auf die Reihen. Ans Ende des Beetes steckte sie die zusammengefaltete Saattüte. Besser war besser. Man wußte hinterher nie so genau, welche Saat in welchem Beet steckte.

Schließlich war sie mit der Arbeit fertig. Sie richtete sich mühsam auf, holte sich die Gießkanne, um die frische Aussaat ein erstes Mal zu wässern. Aus der Ferne hörte sie die Kirchturmuhr schlagen. Es war zwölf Uhr. Die Uhr ... Dort oben hat er gelegen, dachte sie, in der Uhr, all die Jahre lang. Und jetzt war wieder ein Mensch in dieser Kirche ermordet worden. Panecke ... Es würde wohl noch eine Weile dauern, bis das Schlagen der Uhr sie nicht mehr an ihn erinnerte.
Magda Hinrichsen löste sich aus ihren Gedanken, warf noch einmal einen Blick auf ihr Beet, betrachtete noch einmal kopfschüttelnd die krummen Linien und begab sich ins Haus. Sie band sich die Schürze ab, stellte die Arbeitsgeräte an ihren Platz in der großen Küche, wusch sich die Hände und ging erneut vor die Tür. Der Briefträger mußte inzwischen dagewesen sein. Von ihrem Platz im Gemüsegarten hatte sie ihn nicht sehen können, doch kam er immer kurz vor zwölf bei ihr vorbei. Es war ein junger Mann aus der nahe gelegenen Kleinstadt, die Klein Hasenberger Poststelle war zum Bedauern aller vor einem Jahr von der Post geschlossen worden. Seitdem entfiel auch die kleine Plauderei, die sie immer mit Frau Pauke, der Posthalterin, gehalten hatte.
Sie öffnete den Briefkasten. Die Werbezeitung war darin, die schon am frühen Morgen ausgetragen wurde, und ein Brief ihrer Bank. Es gehörte zu den traurigen Tatsachen des Alters, daß man immer weniger Post bekam. Viele waren schon verstorben, die man gekannt hatte, je älter man wurde, desto mehr hatte man das Gefühl, übrig zu bleiben. Daran ließ sich nun mal nichts ändern. Magda Hinrichsen kehrte in ihre Küche zurück, legte die Werbezeitung beiseite und öffnete den Brief. Mit kurzen, knappen Worten teilte die Bank ihr mit, daß ihre Überweisung an die Kirchengemeinde nicht hatte ausgeführt werden können. Die Kirchengemeinde Klein Hasenberg war der Bank als Kontoinhaber unbekannt. Sie schüttelte den Kopf, klopfte ihren Rock noch einmal ab und ging in die Gute Stube zum Telefon. Vier-eins-sechs-eins, das war die Nummer von Pastor Falke.
„Falke“, meldete sich der Angewählte sogleich am Telefon.
„Ja, hier ist Frau Hinrichsen. Pastorchen, ...“

„Ja, Frau Hinrichsen?"
„Pastorchen, ich hab da ein Problem. Sie haben doch so schön von der Orgel gesprochen, und daß wir spenden sollen, und nun ist meine Spende von der Bank zurückgekommen."
Sie konnte deutlich hören, wie Pastor Falke am anderen Ende der Leitung seufzte.
„Sie haben das Geld an die Kirchengemeinde überwiesen, nicht wahr?"
„Ja."
„Das ist falsch, leider. Das geschieht viel zu oft. Frau Hinrichsen, die Kirchengemeinde hat kein eigenes Konto. Unsere Finanzen werden alle vom Kirchenkreis abgewickelt, verstehen Sie? Welche Kontonummer haben Sie denn angegeben?"
Sie mußte auf dem unübersichtlichen Bankformular erst eine Weile suchen, bis sie die Nummer fand.
„Ja, das ist richtig", bestätigte der Pastor, „aber eben nicht für die Kirchengemeinde, sondern für den Kirchenkreis. Und als Zweck müssen Sie 'Orgelspende Klein Hasenberg' angeben. Dann wissen die Menschen in der Verwaltung auch sofort, daß das Geld für unsere Orgel bestimmt ist. Aber Frau Hinrichsen . . ."
„Ja?"
„Vielen, vielen Dank für die Spende."
Die Welt wird immer komplizierter, dachte sie. Daß die Kirchengemeinde sich nicht einmal mehr ein eigenes Konto leisten konnte . . .
Sie ging in die Küche zurück, begann in der Werbezeitung zu blättern. Zeit genug hatte sie, warmes Essen würde sie erst am Abend kochen, wenn Hinrich nach Hause kam. Für sie selbst reichte immer eine ganze Kleinigkeit. Sie blätterte weiter. Eine Anzeige in der Zeitung fiel ihr auf. Mit frohen Farben und großen Buchstaben wurde für eine Busreise geworben. 'Ausflug zur Insel Rügen', stand da zu lesen, 'Mittagessen und Kaffee trinken inklusive. Nur 20 DM!' Etwas weiter unten wurde noch erwähnt, daß es sich hier um ein seriöses Unternehmen handele und nicht um eine jener betrügerischen Verkaufsfahrten, die in letzter Zeit sooft von sich reden machten. Rügen, dachte sie, das wäre schon etwas. Sie und Magda

waren schon oft auf solchen Reisen mitgefahren, seltener allerdings mit privaten Unternehmern, sondern meist mit dem Landfrauenverein oder dem Reichsbund, die auch immer so schöne Fahrten anboten. Auf Rügen waren sie allerdings noch nie gewesen.
Kurz entschlossen ging sie in den Flur, holte sich ihren Mantel und verließ das Haus. Mal sehen, was Magda dazu sagt. Tapetenwechsel würde ihnen gut tun. Ihr Verhältnis zu Magda war zwar in letzter Zeit etwas gespannt, aber sie hatten miteinander schon schlimmere Zeiten durchgemacht. Zudem glaubte sie nicht wirklich, daß Magda etwas mit den Ereignissen in der Kirche zu tun hatte. Es war zwar deutlich, daß sie ihr etwas verheimlichte, aber doch keinen Mord. Außerdem hatte ihr Hinrich von dem Abend im Feuerwehrhaus berichtet. Asmus hatte zwar, so erzählte Hinrich, bis zuletzt abgestritten, jemals eine Orgel betreten zu haben, doch sprachen die Fakten für sich. Seine Aussage, er hätte im Fernsehen einmal gesehen, wie eine Orgel von innen aussieht, glaubte ihm kein Mensch. Trotzdem war Magda Hinrichsen keineswegs überzeugt, daß Asmus der Mörder war. Man würde sehen. Mord und Mörder, dachte sie, unser Dorf wird langsam zum Tollhaus. Es wurde Zeit, mal wieder auf andere Gedanken zu kommen. Sie hatte das Martenssche Haus erreicht.
„Na, Magda?“ Magda Martens blickte erstaunt auf, als sie ihre Freundin in der Tür erblickte. „Komm rein! Wenn dir das nichts ausmacht, daß ich gleich in die Küche muß!“
Sie führte sie in die Gute Stube. Im Gegensatz zu Magda Hinrichsens Haus, war hier alles klein und eng. Gerade richtig für einen allein, dachte Magda Hinrichsen. Sie setzte sich aufs Sofa. Auf dem Tisch stand eine brennende Kerze, daneben ein Bild von Walter Martens.
„Stör ich?“ fragte Magda Hinrichsen überrascht.
„Nein, nein.“ Magda Martens schaute sie wehmütig an. „Ist schon gut. Heute hätten wir Hochzeitstag gehabt, Walter und ich. Den siebenundvierzigsten, um genau zu sein. Da wird einem schon mal anders ums Herz. Aber, was soll's? Wir können dem lieben Gott nicht ins Handwerk pfuschen. Ist wohl auch gut so.“

Sie stand auf, ging zum Buffet und holte ein Glas heraus. „Hier, schau mal“, sie reichte das Glas ihrer Freundin, „das haben wir zur Silberhochzeit bekommen. Von Pastor Niemann, weißt du noch?“
„Ich war nicht dabei, weißt du nicht mehr?“ Magda Hinrichsen betrachtete das Glas: Es war ein Wasserglas, auf dem kunstvoll das Bild der Klein Hasenberger Kirche eingraviert war. „Mich hatte es doch damals gezwickt“, sie deutete auf ihren dicken Bauch, „drei Wochen Krankenhaus, leider. Das Glas ist schön, Magda.“
„Stimmt ja“, die Freundin begann, sich zu erinnern, „du warst ja krank. Gallensteine oder so etwas, nicht wahr?“ Auf einmal begann sie zu kichern. „Dann kennst du die Geschichte ja gar nicht.“
„Welche Geschichte?“
„Na, die mit dem Glas. Du erinnerst dich doch an Pastor Niemann. Der war ja auch nicht der Praktischsten einer.“ Magda Hinrichsen mußte lachen, erinnerte sich. „Na ja, jedenfalls, wie der Niemann zu unserer Silberhochzeit kommt, bringt er einen ganzen Karton von den Gläsern mit. Hatte er wahrscheinlich vergessen, vorher eins auszupacken. Und dann, wie er gratulieren will, nimmt er ein Glas aus dem Karton, zeigt es Walter und mir und gibt dann den Karton Johanna, die hat uns doch damals geholfen mit den Geschenken. Da war sie gerade achtzehn und ganz aufgeregt. Und ganz doll verliebt in ihren Hannes König. Hat ja noch ’ne Weile gedauert, bis die sich gekriegt haben. Und nun haben sie vier Kinder. So geht das manchmal. Aber - wo war ich stehengeblieben? Ach ja, der Niemann mit seinem Karton. Also, den hatte er Johanna gegeben. Soweit war ja auch alles in Ordnung. Aber wie der Niemann dann wieder gehen will, geht er zu Johanna und fragt nach seiner Kiste. Die war völlig perplex, weil die hatte natürlich die Gläser rausgenommen und den Karton dann untern Tisch. Also fängt Johanna an zu suchen, wenn der Pastor den Karton braucht, bis sie ihn endlich unterm Tisch findet. Und dann: Du, der Niemann nimmt den Karton, sieht, daß der leer ist, geht zum Geschenketisch und packt die Gläser wieder ein. Wir alle völlig verdattert, ich

weiß noch, wie Walter geguckt hat, und Wilhelm, du weißt, Asmus' Vater, der war ja nie auf den Mund gefallen, sieht das und brüllt: Gläser festhalten, Leute! Der Pastor räumt ab! Und deshalb", Magda Martens lächelte, „deshalb habe ich nur eins davon. War aber 'ne schöne Silberhochzeit, trotzdem!" Sie schaute auf ihre Uhr.
„Magda, ich muß in die Küche."
„Ich wollte ja auch nur", beeilte sich Magda Hinrichsen zu sagen, „dich fragen, ob du den Artikel gelesen hast."
„Was hast du gesagt?" Magda Martens war schon in der Küche verschwunden. Magda Hinrichsen ging der Freundin hinterher.
„Ob du die Anzeige gesehen hast, wollte ich wissen", erläuterte sie. „Die mit der Busfahrt nach Rügen. Ich dachte, das würde uns gut tun."
„Nach Rügen?" Magda Martens war schon wieder in der Speisekammer verschwunden, kam mit einer Handvoll Möhren in die Küche zurück.
„Entschuldige, wenn ich's so eilig hab, aber mein Enkel kommt gleich zu Besuch." Magda Martens begann, die Möhren unterm Wasserhahn zu säubern. „Was hast du gesagt, eine Busfahrt nach Rügen?"
„Ja. Stand in dem Werbeblättchen. Einen Tag Rügen, hin und zurück, Essen und Kaffee für 20 DM."
„Hört sich gut an." Sie legte die Möhren auf das Schneidebrett und öffnete die Küchenschublade. „Und nur 20 DM?"
„Ja, genau. Und in der Anzeige stand, daß es keine Werbefahrt ist . . ."
Die Freundin hatte inzwischen das Brotmesser herausgenommen und begann, die Möhren in kleine Stücke zu schneiden. Magda Hinrichsen blickte sie entgeistert an.
„Magda, warum nimmst du das Brotmesser?"
„Ach", Magda Martens machte eine abweisende Gebärde, „ich hab mein Küchenmesser verloren. Schon vor Ostern, weißt du, und bei Otto gab's natürlich wieder keine. Immer das gleiche, das, was man braucht, hat er nicht im Laden. Und wann komm ich schon in die Stadt. Und die Kinder", sie zuckte mit den Achseln, „lieb sind sie ja, aber immer soviel

im Kopf . . ."
Magda Hinrichsen hörte nicht mehr zu. Fassungslos starrte sie das Brotmesser an. Das Küchenmesser . . . ein Küchenmesser . . . vor Ostern, Magda, die in der Orgel gewesen war, ohne dies erklären zu können . . . der Herr von Haldern, tot . . . durch einen Stromschlag, Kabel, die einer freigeschabt hatte . . . mit einer . . . mit einem . . . mit einem Messer . . . Messer . . . Küchenmesser?
„Magda", sagte sie scharf, „ich muß . . ." An der Tür klingelte es.
„Gleich", entgegnete ihre Freundin und entschwand.
„Willst du schon gehen?" fragte sie eine Minute später, ihren Enkel hinter sich her ziehend.
„Ja!" erwiderte Magda Hinrichsen mit fester, eisiger Stimme. „Ich will."
„Und die Busfahrt?" Aber Magda Hinrichsen hatte das Haus schon verlassen.

XIV.

Johanna König war unter Druck. Trotzdem bemühte sie sich, langsam zu fahren. Schon vor einer halben Stunde hatte sie am Gemeindehaus sein sollen, um ihre Kinder von der Xylophongruppe abzuholen. Seit einem Vierteljahr war auch Isabell mit dabei.
Isabell war die Jüngste. Sie mußte lächeln, als sie an ihre Kinder dachte: Da war Isabell, sechs Jahre, die in diesem Jahr in die Schule kommen würde, Elisabeth, sieben Jahre alt, Nikolaus, neun Jahre, und Kristina, die Älteste und Vernünftigste mit ihren zehn Jahren. 'Die Königskinder' hießen die vier allgemein im Dorf oder auch 'die Viererbande'. Die Kinder störte das nicht, im Gegenteil, sie waren stolz auf ihre Spitznamen.
Johanna König bog in die Straße zum Kirchberg ein. Daß ausgerechnet heute die Schafe hatten ausbrechen müssen. Unbewußt schüttelte sie den Kopf. Es hatte viel Arbeit gekostet, sie wieder einzufangen. Ein Nachbar hatte angerufen und

Bescheid gesagt, daß er auf der Straße nach Garnitz eine Schafherde gesehen hätte. Der Nachbar hatte richtig getippt, es waren ihre Schafe gewesen. Die kleinen Lämmer konnten eine ungeahnte Fähigkeit entwickeln, neue Plätze zu erkunden, und war es dem Lamm erst einmal gelungen, die Weide zu verlassen, schaffte es die Mutter in aller Regel auch. Nach und nach folgte dann die ganze Herde. Von wegen 'dumme Schafe', dachte sie.
Sie war am Gemeindehaus angekommen, sechzehn Uhr fünfunddreißig, über eine halbe Stunde zu spät. Sie parkte den Wagen. Niemand war zu sehen.
Johanna König stieg aus, wo waren ihre Kinder geblieben? Hatte Jutta sie mit zu sich nach Hause genommen, weil sie nicht erschienen war, sie abzuholen? Sie überlegte, Jutta Fröhlich anzurufen. Im Gemeindehaus befand sich ein Telefon. Da hörte sie Elisabeths Stimme.
Johanna König drehte sich um. Jetzt konnte sie auch die anderen hören. Die Kinder mußten irgendwo im Gehölz am Kirchberg sein. Als letzte Stelle im Dorf war der Kirchberg noch als kleine, nicht eingezäunte Wildnis erhalten geblieben. Die Kinder spielten hier gerne. Sie ging die Straße hinunter, hörte ihre Kinder jetzt immer deutlicher. Schließlich sah sie sie auch. Johanna König blieb stehen, die Kinder hatten sie noch nicht entdeckt, beobachtete die vier bei ihrem Spiel.
„Abrakadabra", rief Elisabeth gerade, „du bist ein Frosch!"
„Kein Frosch!" wehrte sich Isabell, „ein Löwe!"
„Das geht nicht." Kristina versuchte zu schlichten. „Hexen verzaubern nicht in Löwen."
„Abrakadabra", begann Elisabeth aufs Neue.
Was spielen die da, dachte Johanna König, Hexe? In der Ferne hörte sie ein Geräusch herüberwehen, als ob eine Fensterscheibe klirrte.
„Weg mit dir, Hexe!" Nikolaus zog einen Stock, der sicher ein Schwert darstellen sollte. Vermutlich war er der Prinz, überlegte Johanna König, der die Königstochter befreien sollte. Sie machte sich bemerkbar.
„Da bist du ja." Elisabeth strahlte die Mutter an. „Wir spielen gerade."

„Wir spielen Hexe“, erläuterte Kristina.
„Ich bin der Königssohn!“
„Und ich bin die Prinzessin!“
„Und ich der König!“ Kristina spielte immer den König.
„Und ich bin die Hexe!“
„Warum kommst du denn jetzt erst?“ fragte Kristina streng.
„Wir dachten schon, du hättest uns vergessen.“
„Habe ich nicht“, beruhigte die Mutter. „Die Schafe waren ausgebrochen.“
„Auch Lemmy?“ Isabell machte ein besorgtes Gesicht. „War Lemmy auch weg?“
„Lemmy auch. Aber jetzt ist es wieder da.“ Lemmy war das Lieblingslamm von Isabell, das Mutterschaf hatte es nicht angenommen, und nun wurde es von Isabell mit der Flasche großgezogen. Alle vier Kinder hatten ihr Lieblingstier unter den Schafen.
„Ich glaube“, fügte Johanna König noch hinzu, „daß Lemmy sogar der Bösewicht war, der als erster den Weg hinausgefunden hat. Lemmy ist nämlich zu neugierig. Wie du.“
Isabell lachte.
„Stehengeblieben! Halt!“ hörten sie eine Männerstimme aus der Ferne brüllen. Johanna König erkannte die Stimme sofort. Asmus Ahrholz kam mit zornrotem Gesicht den Kirchberg hinaufgehastet. „Ihr verfluchten Luders, ihr!“
Er drehte sich um. „Tag, Johanna. Schöne Kinder hast du.“ Er wandte sich den Kindern zu. „Verfluchte Gören! ’Ne Tracht Prügel habt ihr verdient, allesamt!“ brüllte er. „Unverschämtheit, so was. Aber das werdet ihr bezahlen!“ Er verschluckte sich, mußte Luft holen. Die Kinder blickten verstört zu ihrer Mutter hinüber, waren vom Schreck gelähmt.
„Was ist hier los?“ fuhr sie Asmus Ahrholz an. „Schämst du dich nicht, so herumzubrüllen?“
„Die Kinder haben mir eine Scheibe eingeschlagen. Schöne Früchtchen hast du da!“
„Was haben sie getan?“ Es fiel ihr schwer, einen sachlichen Tonfall zu finden. „Eine Scheibe eingeschlagen?“
„Genau! Ich bin sofort nach draußen. Gerannt bin ich, sonst hätte ich deine Gören doch gar nicht mehr erwischt.“

Das also war das Geräusch gewesen, das sie gehört hatte. Asmus Ahrholz' Hof lag nur wenige hundert Meter vom Kirchberg entfernt. Aber sie war doch schon bei ihren Kindern gewesen, als die Scheibe geklirrt hatte.
„Asmus!" Sie bemerkte überrascht, wie sie vor Empörung eine Faust ballte, „du entschuldigst dich! Meine Kinder zu verdächtigen! Außerdem, als deine Scheibe klirrte, waren wir alle hier, ich habe das gehört, was bei dir passiert ist. Von hier! Mit meinen Kindern! Schäm dich, die Kinder so anzubrüllen!"
„Und wer war das hier?" fragte Asmus Ahrholz, immer noch mit einem zornroten Kopf, „schau dir das an!"
In der Hand hielt er einen Feldstein, an dem mit einem Klebeband ein Zettel befestigt war. „Da!" Er löste den Zettel vom Stein ab. 'Mörder' stand darauf mit ungelenker Hand geschrieben.
Johanna König erschrak. „Das tut mir leid für dich, Asmus", sagte sie leise. „Das ist nicht schön."
„Nicht schön, du bist gut! Schweinkram ist das! Rufmord! Wenn ich den zu fassen kriege!"
„Asmus!" hörten sie von ferne eine Stimme rufen. Hinrich Hinrichsen kam mit dem Rad den Berg heruntergefahren. Völlig außer Atem stoppte er. „Da bist du ja."
„Na und", erwiderte Asmus Ahrholz ungnädig, „was willst du?"
„Ich wollte nur", Hinrich Hinrichsen blickte Johanna König unsicher an, senkte seine Stimme. „Ich wollte nur sagen, daß mir das leid tut, wegen neulich, wegen dem Küchenmesser. Mutter schickt mich, und ich soll sagen, du hast nichts damit zu tun."
„Na wenigstens etwas."
„Was für ein Küchenmesser?" Johanna König verstand nichts.
„Nichts. Schon gut." Hinrich Hinrichsen schaute betreten zu Boden. „Gar nichts."
Sind denn alle verrückt geworden, dachte Johanna König, als sie mit den Kindern endlich im Wagen saß, was ist bloß mit unserm Dorf los? Jeder verdächtigt jeden, wie soll das bloß

weitergehen? Wenn doch endlich die Polizei den Schuldigen finden würde! „Onkel Asmus ist böse", sagte Isabell.
„Nein, ist er nicht. Er", sie überlegte, wie sie es ihren Kindern sagen sollte, „er hat es schwer im Moment. Wißt ihr, alle ärgern ihn, und da wird man schon mal ungerecht. Wie seid ihr eigentlich auf das Hexenspiel gekommen?" versuchte sie, die Gedanken in andere Bahnen zu lenken.
„Wir haben eine gesehen", erläuterte Nikolaus.
„Eine Hexe?" Johanna König runzelte die Stirn. „Es gibt doch keine Hexen."
„Doch! Eine Hexe mit einem Krückstock." Isabell machte eine finstere Gebärde.
„Ohne Krückstock", widersprach Kristina. „Und sie ging in die Kirche."
„In die Kirche?"
„Ja."
„Tat sie nicht", Elisabeth schien ihrer Sache sicher. „Sie hat sich weggezaubert."
„Und sie ging doch in die Kirche."
„Eine Mitschnackerin", erläuterte Nikolaus noch einmal. „Kein Wort hat sie gesagt."
„Aber die Luft hat gebrummt", ergänzte Elisabeth stolz, „das hat sie gezaubert."
„Unsinn." Kristina wurde bestimmend. „Das war doch die Orgel."
„Und sie konnte doch zaubern", beharrte Elisabeth.
Das hat man nun davon, dachte Johanna König. Da hält man die Kinder vom Fernsehen und allen diesen Dingen fern, damit ihre Phantasie nicht leidet, und was spielen sie? Hexe. Eine alte Frau, die nachmittags allein in der Kirche verschwindet, die Orgel ertönt ... Sie hätte beinahe auf die Bremse getreten. Eine Frau, die sich in die Kirche schlich und die Orgel ertönen ließ. Unsinn! schimpfte sie mit sich selbst, ganz ruhig! Nun fang du nicht auch noch an ... Trotzdem, eine alte Frau, heimlich in der Kirche, die Orgel, die spielte ...

XV.

„. . . Und das nächste Mal gehen wir in die Kirche.“ Die alten Damen nickten zustimmend. Der Missionsnähkreis ging seinem Ende entgegen. Frank Falke war froh, gehörte doch dieser Kreis zu den unliebsamen Vermächtnissen seines Vorgängers. Einmal im Monat trafen sich die alten Frauen aus den Dörfern im Gemeindehaus, um für die armen Kinder in der Dritten Welt zu häkeln und zu stricken. Bei den Projekten, die anfangs von dem Kreis unterstützt worden waren, hatte es sich durchweg um missionarische Zwecke im althergebrachten Sinne gehandelt. Ein Dach für eine Kirche in Indien, ein Brunnen für das Haus des Missionars - nicht etwa für das ganze Dorf -, ein Auto für den Bibellehrer: Solche und ähnliche Unternehmen waren unterstützt worden. Die Aufgabe des Pastors hatte darin bestanden, Geschichten aus der Mission vorzutragen, Gäste einzuladen, lebende Neger vorzustellen, wie er es zynisch nannte, und ansonsten das Bild vom guten, hilfsbereiten Weißen zu pflegen. Er hatte nicht gewagt, diesen Kreis einfach aufzulösen.

Das war vor dreieinhalb Jahren gewesen. Seitdem hatte sich manches verändert. Die alten Projekte wurden nicht mehr gefördert, das Bild vom großzügigen Weißen war einer differenzierteren Betrachtung gewichen, das Wort vom geraubten Wohlstand Europas machte jetzt ab und zu die Runde, und auch die Art der Gäste war anders geworden: Statt lieber Worte aus Übersee waren nun des öfteren kritische Töne zu hören. Erstaunlicherweise hatten ihm die alten Frauen diese Veränderungen keineswegs übelgenommen, schien ihre Möglichkeit, Neues zu lernen, weit größer als er je angenommen hatte. Im Grunde genommen hätte der Kreis ihm jetzt Freude bereiten können, vielleicht hatte er es nur noch nicht bemerkt. Das Nähen allerdings war geblieben.

„Pastor Aboubakar“, er hatte Mühe, den Namen korrekt auszusprechen, „kommt zu uns zu Besuch und wird mit uns eine Andacht in der Kirche halten. Pastor Aboubakar stammt aus Kamerun und ist zur Zeit bei unserem Missionszentrum zu Gast.“

Die Frauen nickten beifällig.
„Und nun wollen wir zum Abschluß das Vaterunser beten."
Die Näh-, Häkel- und Stricksachen wurden zur Seite gelegt, Stille kehrte ein. Alle miteinander sprachen sie das Gebet. Anschließend wurden sie von Pastor Falke gesegnet. Der Missionsnachmittag war zu Ende.
Es mochten etwa fünfzehn Frauen sein, die diesmal gekommen waren. Die Teilnehmerzahl schwankte stets ein wenig, mal waren es über zwanzig, mal nur ein knappes Dutzend. Magda Hinrichsen war diesmal nicht erschienen, wie ihm sofort aufgefallen war. Ihre Freundin, Magda Martens, kam gerade auf ihn zu.
„Herr Pastor", sie wirkte - ganz gegen ihre Art - verlegen, „haben Sie noch etwas Zeit für mich?"
Er versuchte, seine Überraschung zu verbergen. „Aber sicher. Ich muß nur erst noch die anderen Damen verabschieden."
Was war geschehen, dachte er. Zwar hatte ihm Magda Hinrichsen gestern am Telefon erzählt, daß es mit der Freundschaft zwischen den beiden zur Zeit nicht zum Besten stünde, hatte auch ihren, wie er fand, unsinnigen Verdacht mitgeteilt, aber ...
„So, da bin ich nun wieder." Die letzte der alten Frauen war gegangen. Sie waren allein im Gemeindehaus. „Wollen wir nicht hinüber ins Pastorat in mein Amtszimmer gehen?"
Gehorsam folgte sie ihm. Sie gingen ins Amtszimmer, setzten sich in die kleinen Sessel, die er für Gespräche bereitstehen hatte.
Frank Falke wartete. Magda Martens blickte verlegen zum Fenster hinaus. Schließlich gab sie sich einen Ruck.
„Es ist nicht meine Art ...", sie suchte nach Worten, „ich meine, es ist wegen Magda, wegen Magda und dem Panecke, nein", sie seufzte, „ich sollte von vorn anfangen. Also um es kurz zu machen, Herr Pastor, zwischen Magda und mir ist Streit, im Moment. Und zwar wegen dem Panecke, weil ich es ihr nicht sagen will und warum ich in der Orgel war ..."
Frank Falke horchte auf. Magda Martens war in der Orgel gewesen?
„Ich weiß nicht, ob Sie sich das vorstellen können", fuhr sie

fort, „damals, fünfundvierzig meine ich, das war eine schlimme Zeit.“
Frank Falke vermochte den Faden nicht zu finden, wagte aber nicht, sie zu unterbrechen.
„Walter war nämlich mein zweiter Mann, aber den haben Sie gar nicht mehr kennengelernt. Und als Magda mich in der Orgel fand ...“
„Sie waren in der Orgel?“ unterbrach er nun doch.
„Ja, darum geht es ja. Magda hat mich dabei ertappt. Sehen Sie, ich stamme eigentlich aus Glückhoff, wie Helene, Helene Wittig, ich weiß nicht, ob Sie die kennen.“ Frank Falke nickte. „Ich habe sie lange nicht mehr gesehen. Jedenfalls, 1935 habe ich geheiratet, und ich bin nach Groß Hasenberg gekommen. Adolf ist 1943 gefallen, und ich saß allein da mit Konrad, das ist mein Sohn aus erster Ehe. Ich hab dann bei den Hinrichsens auf dem Hof gearbeitet, weit kam man ja auch nicht mit der kleinen Rente. Dort hab ich übrigens auch Magda kennengelernt, die war ja auch auf dem Hof.“ Sie lachte kurz auf. „Ehrlich gesagt, am Anfang hab ich mich ja für was besseres gehalten, ’n Flüchtling war ja das Allerletzte. Na ja, und dann war der Krieg zu Ende, und wir hatten nichts zu essen, und reichlich gab es auch nicht bei den alten Hinrichsens, und in Groß Hasenberg waren die Engländer. Die hatten dort ein Kriegsgefangenenlager. Na ja, und da bin ich halt auch mal hingegangen. Aber nur einmal“, beeilte sie sich zu sagen.
„Ja ... und?“ fragte Frank Falke, der nichts verstand. Magda Martens blickte in eine imaginäre Ferne.
„Die Engländer, ich meine, ich war damals fünfunddreißig, und die Engländer ...“ Sie brach ab. Einige Momente des Schweigens folgten. „Die Soldaten suchten doch Freundinnen“, sagte sie schließlich leise. „Verstehen Sie?“ Frank Falke nickte. Nun hatte er verstanden.
„Ich habe nie darüber gesprochen. Es ist das ... das erste Mal nach achtundvierzig Jahren. Und sie dürfen auch Magda nichts davon sagen. Und es ist auch nichts gewesen, damals. Nur ...“, erneut verfiel sie in Schweigen, „nur, daß der Panecke mich gesehen hat.“ Ihre Stimme nahm an Schärfe zu.

„Er war nämlich kein guter Mensch, der August Paneck. Mit jeder hat er's versucht, dieser Teufel. Der hatte bestimmt seine drei Freundinnen im Dorf. Und mit Wilhelm Ahrholz hat er auf gut Freund gemacht, weil er die alten Schriften lesen konnte. Und beim Pastor die Orgel spielen. Aber der war hinter den Röcken her, sage ich Ihnen. Ein richtiger Teufel. Mit mir hat er's auch versucht, aber da war er an die Falsche geraten. Aber ...", wieder blickte sie unsicher zum Fenster hinaus, „aber er wollte etwas dafür haben, ich meine, weil er mich gesehen hatte. Dafür, daß er es für sich behielt, 'unser kleines Geheimnis', wie er sagte. Meine Eltern hätten sich in Grund und Boden geschämt. Und ich hatte doch nichts, was ich ihm geben konnte. Aber einen Ring hatte ich, echt Silber, den hatte Adolf mir 1936 geschenkt. Na ja, und drei Tage später war der Panecke weg."
Frank Falke war inzwischen wie elektrisiert. Lag hier der Schlüssel zu den Ereignissen der letzten Wochen?
„Und als ich von der Uhr hörte, und daß der Panecke auf dem Dachboden der Kirche gefunden worden war, da hab ich gedacht, wo die Uhr ist, da könnte vielleicht auch der Ring sein. Und deshalb bin ich in die Orgel, nach der Beerdigung, wissen Sie. Aber das kann ich doch Magda nicht sagen."
Resigniert blickte sie zu ihm herüber. „Magda liebte ihn doch, den Panecke. Das hat sie mir schon damals erzählt, und ich hab nichts gesagt. Warum sollte ich auch, er war ja weg. Geweint hat Magda sogar bei der Beerdigung, und da soll ich ihr was über den Panecke sagen? Das geht doch nicht! Und nun redet Magda nicht mehr mit mir, weil sie denkt, daß ich etwas mit der Orgel zu tun habe."
„Ich verstehe", sagte Frank Falke langsam, „und wie war das mit dem Küchenmesser?"
Magda Martens schaute ihn entgeistert an. „Das Küchenmesser!" sagte sie böse.

Fünf Minuten später war Magda Martens gegangen. Ich habe es falsch gemacht, dachte Frank Falke, zornig auf sich selbst, ich habe unbedingt Detektiv spielen müssen. Er erhob sich, um seine Frau zu suchen, fand sie, nachdem er das ganze

Haus vergeblich durchstreift hatte, schließlich im Garten bei den Blumenbeeten.
„Du könntest mir auch einmal helfen." Annette richtete sich auf, sah ihn prüfend an. „Du siehst nicht zufrieden aus. Hast du dich über die alten Damen geärgert?"
„Nein."
In kurzen Worten berichtete er ihr von dem Gespräch.
„Weißt du was", sie packte ihre Gartengeräte zusammen, „wir gehen jetzt spazieren. Komm, zieh dir Schuhe an! Und das nächste Mal", fügte sie noch hinzu, „hilfst du mir auch mal im Garten."
Sie fuhren nach Richthof. Dort gab es einen schönen, kleinen Weg um den Fischteich herum, durch das ehemalige Gut hindurch. Die Wanderwege in Klein Hasenberg waren alle schnurgerade und endlos. Im Gegensatz zu seiner Frau, liebte Frank Falke kurze Spaziergänge.
„Es ist schön hier." Der erblühende Frühling erstaunte ihn jedes Jahr aufs Neue. Sie gingen durch ein kleines Waldstück, das sich bis zum Fischteich hinunterzog. Frank Falke ergriff Annettes Hand.
„Gut, mit dir hier zu sein. Es wird Zeit, daß das Ganze mal ein Ende findet. Sonntag ist Konfirmation, und ich bin in meinen Gedanken nur bei diesem gräßlichen Mordfall. Das ganze Dorf ist auf Mördersuche, ich mache da wohl keine Ausnahme."
„Leider", bemerkte Annette etwas spitz.
„Du hast ja recht. Ich glaube, die meisten verdächtigen Herrn Ahrholz, den Bauern, du weißt. Und die Frau Hinrichsen hat ihre Freundin, die Frau Martens in Verdacht. Und was sonst noch geredet wird, Gott sei Dank weiß ich das nicht."
„Weißt du, was seltsam ist?" Annette schaute ihren Mann an. „Seit zwei Monaten sitze ich nun an diesem Auftrag von St. Markus. Ich habe übrigens noch mal nachgelesen, die Vorstellung vom Totentanz ist heidnischen Ursprungs. In der Nacht springen die Gräber auf den Friedhöfen auf, die Toten kommen heraus und tanzen und ziehen die Lebenden mit sich. Aber, was ich sagen wollte, es ist doch seltsam, ich arbeite an einem Totentanz, und hier in Klein Hasenberg ster-

ben die Leute einer nach dem anderen. Es ist, als ob die Toten wirklich angefangen hätten zu tanzen."
Frank Falke schüttelte den Kopf. „Du machst dir zu viele Gedanken." Er lächelte. „Siehst du, du auch."
„Ich habe jetzt mit einem Bauern angefangen. Komisch, daß mir das nicht gleich eingefallen ist, wo wir doch auf dem Land leben."
„Möchtest du lieber in die Stadt zurück?"
„Nein. Obwohl", sie überlegte, „obwohl hier alles so eng ist."
„Eng?" fragte er überrascht.
„Ja. Guck mal, alle kennen sich, alle schauen aufeinander, das meine ich. Ich möchte wetten, das halbe Dorf weiß, welchen Rock ich Sonntag anhatte."
„Jetzt übertreibst du."
„Vielleicht. Oder nimm diese Mordgeschichte. In Hamburg-Winterhude, wo ich großgeworden bin, da hätte man davon in der Zeitung gelesen. Aha, in der Nachbarstraße ist ein Mann ermordet worden. Ich erinnere mich noch, daß einmal vier Häuser weiter einer Selbstmord begangen hatte. Natürlich sind wir an dem Haus vorbeigegangen, wir waren ja noch Kinder, und wir haben geguckt, ob wir das Fenster zu seiner Wohnung finden. Es lag im dritten Stock, das weiß ich noch genau, und wir wohnten doch auch im dritten Stock. Ich habe eine ganze Weile Angst um meinen Vater gehabt. Aber", sie schaute ihn an, „das war auch schon alles. Richtig gekannt hatten wir den Mann nicht. Und bei einem Mord wäre es auch nicht anders gewesen. Man hätte weiter seine Arbeit getan, und die Polizei hätte den Täter irgendwann gefaßt oder nicht. Aber hier, hier ist das alles anders. Hier ist jeder seine eigene Polizei. Und sein eigener Richter. Das meine ich mit 'eng'. Verstehst du?"
„Ich verstehe."
„Da fällt mir ein, Frau König rief heute morgen an, du warst unterwegs. Irgend jemand hat gestern bei Herrn Ahrholz einen Stein mit der Aufschrift 'Mörder' ins Fenster geworfen. Sie wollte, daß du Bescheid weißt."
„Oh . . .!"
„Das ist Klein Hasenberg . . . nicht nur, zugegebenermaßen."

„Hast du doch Sehnsucht in die Stadt zurück?"
„Nein. Es ist schön hier, trotzdem."
Sie wandte sich ihm zu, umarmte ihn. „Laß uns über etwas anderes reden."
Nach einigen Minuten lösten sie sich wieder voneinander, gingen schweigend weiter.
„Ach übrigens, was war das eigentlich für ein Orgelvorspiel vorgestern in der Kirche?" fragte sie.
„Ach das. Ich glaube, etwas von Tunder. Molls Passionskonzert ist doch aus Pietätsgründen ausgefallen, drei Tage nach dem Mord. Und ich hatte doch diesen dummen Satz gesagt, du weißt doch, daß ein Mann für die Orgel stirbt. Na jedenfalls, Moll präsentiert uns jetzt sein Konzert in kleinen Stükken. Der ist ganz vernarrt in Tunder. Neulich hat er sogar behauptet, Tunder hätte irgendeine Beziehung nach Klein Hasenberg gehabt, irgendeine unglückliche Liebe. Genau wußte er es aber auch nicht. Auf die Dauer wird es etwas langweilig, finde ich, immer nur Tunder."
„Und wie steht es mit euren Orgelspenden?"
„Fünfhundert Mark." Er zuckte mit den Achseln. „Und von Frau Hinrichsen kommt noch etwas. Nicht viel, was? Aber wir stehen ja erst am Anfang."
Sie waren wieder bei ihrem Wagen angekommen. Neben ihnen parkte ein weißer Peugeot.
„Das ist doch der Wagen von Jutta Fröhlich", wunderte sich Frank Falke.
„Komm, laß uns schnell verschwinden!" Annette lachte. „Ich will meinen Mann auch mal für mich allein haben. Wann hast du den nächsten Termin?"
„Erst morgen um neun."
„Das ist gut."

XVI.

Morgens um acht war die Welt noch in Ordnung. Jedenfalls für Heiner Langmaack. Langsam fuhr er mit seinem Trecker von der Koppel herunter. Jeden dritten Morgen, in aller

Frühe, fuhr er hierher, um einen neuen Strohrundballen für den Anbindestall der Kühe zu holen. Der alte Hanomag leistete dabei erstaunliche Dienste. Es war schon wirklich ein Wunder, daß er nach über dreißig Jahren immer noch nicht seinen Geist aufgegeben hatte. Ersatzteile gab es für diese Trecker schon lange nicht mehr, die Herstellerfirma selbst hatte vor über zwei Jahrzehnten aufgehört zu existieren.
Heiner Langmaack liebte diese morgendlichen Fahrten. Es gab keine bessere Gelegenheit, so pflegte er zu sagen, einen klaren Kopf zu bekommen, als allein auf dem Trecker, am besten frühmorgens. Und ein klarer Kopf war nötig, nötiger denn je. Innerlich schüttelte Heiner Langmaack den Kopf. Die kleine Klein Hasenberger Welt war in Unordnung geraten, war in ihren Grundfesten erschüttert. Ein Mord, zwei Morde, in der Kirche, ausgerechnet in der Kirche - es war Zeit, daß etwas geschah. So konnte es nicht weitergehen.
Heiner Langmaack war von der Koppel wieder auf den Feldweg eingebogen, befand sich auf dem Rückweg. Die Forke des Frontladers hielt den runden, mannshohen Strohballen zuverlässig fest, die Geschwindigkeit des Hanomags war keineswegs atemberaubend, Zeit zum Nachdenken. Der Weg führte schnurgerade auf die Kirche zu. Er liebte diese Kirche. Hier war er getauft, hier war er konfirmiert worden, hatte hier geheiratet, und hier gedachte er, eines Tages auch seine letzte Ruhe zu finden. Die Kirche, sie war so etwas wie ein Garant für Beständigkeit. Nicht umsonst hatte er durchgesetzt, daß das Bild der Kirche in das Wappen der Concordia mitaufgenommen worden war. Die Kirche gehörte dazu.
Das galt nicht unbedingt für den Gottesdienst. Als typisch Norddeutschem wäre es Heiner Langmaack nie in den Sinn gekommen, durch allzu häufigen Gottesdienstbesuch im Dorf unangenehm aufzufallen. Das galt auch nicht für die Pastoren. In den zwanzig Jahren seiner Mitgliedschaft im Kirchenvorstand, davon fünfzehn Jahre als stellvertretender Vorsitzender, hatte er schon manchen Pastor erlebt. Pastoren kamen und gingen. Mit der Kirche war das schon etwas anderes. Sie blieb.
Und nun war diese Kirche in Verruf geraten. Daß er selbst

kräftig dazu beigetragen hatte durch seine ausschweifenden Erzählungen, die Unruhe im Dorf anzuheizen, kam ihm nicht in den Sinn. Dafür war ihm umso klarer, daß etwas geschehen mußte. Das Gerede im Dorf nahm beängstigende Formen an, vor allem, weil irgend jemand es fertiggebracht hatte zu behaupten, daß diese Morde erst der Anfang wären und weitere folgen würden. Heiner Langmaack schüttelte den Kopf, man war doch nicht in der Großstadt! Nein, Klein Hasenberg brauchte dringend seinen Frieden.
Und außerdem war da noch die Sache mit Asmus. War Asmus nun der Täter - oder nicht? Er hatte ihm auf den Zahn gefühlt, war bei Asmus gewesen, hatte gefragt, ob er ihm nicht helfen könne, bei den alten Papieren und so, und überhaupt, um das Gerede aus der Welt zu schaffen. Asmus hatte zwar etwas geguckt, aber nicht gewagt, ihm zu widersprechen. Viel war allerdings nicht dabei herausgekommen. Das fing schon damit an, daß weder er noch Asmus die alten Schriften lesen konnten. Dafür hatte er ihm von dem Panecke erzählt. Leider konnte sich Asmus an fast gar nichts mehr erinnern. Sicher, der Panecke hätte seinem Vater bei den alten Dokumenten geholfen, na und? Er sei damals acht Jahre alt gewesen und hätte andere Dinge im Kopf gehabt. Außerdem sei das ganze Haus voller Flüchtlinge gewesen. Heiner Langmaack hatte sich eingestehen müssen, daß er selbst auch nicht mehr hätte sagen können. Trotzdem war er sicher, daß Asmus irgend etwas verbarg. Deswegen war er gestern abend auch bei Paul gewesen. Paul war der Dorfpolizist. Aber auch Paul hatte ihm nicht helfen können, zum Teil sicher wegen dessen Schweigepflicht, vor allem aber wohl, weil Paul selber nichts wußte. Die Ermittlungen wurden von Beamten aus der Stadt geleitet, und die örtliche Polizeidienststelle war nur geringfügig miteinbezogen. Was aber hatte Paul gesagt? Paß auf die Kirche auf, Heiner, vor allem auf die Orgel! Es ist ein altes Gesetz, daß es den Täter zum Tatort zurückzieht! Nun, er, Heiner Langmaack, würde die Augen offenhalten. Über Asmus aber hatte Paul sich nicht äußern wollen.
Inzwischen hatte er den Friedhof beinahe erreicht. Schon von weitem hatte er Alfred Langbehn auf dem Friedhof entdeckt,

der allem Anschein nach einer erstaunlichen Tätigkeit nachging. Vorsichtig nach links und rechts guckend, in bester Ausgehkleidung, ging der Küster von Grab zu Grab, beiläufig, wie es schien, um sich urplötzlich und nur für einen kurzen Moment mit aller Kraft gegen den Grabstein zu stemmen. Das Ganze dauerte jeweils nur einige Sekunden, war der Überfall erst einmal vorüber, begab sich der Küster fröhlich pfeifend zum nächsten Grab, um dort genauso plötzlich wie vorher den Grabstein anzuspringen. Beobachtete man den Küster eine Weile, so wurde die Systematik des Vorgehens deutlicher. Ab und an blieb er stehen, um einige kurze Bemerkungen in ein kleines Heft zu schreiben. In diesen Notizen schien der Sinn der ganzen Übung zu bestehen.

Heiner Langmaack stoppte den Trecker, wandte sich dem Küster zu.

„Na Alfred, ist es wieder soweit?"

Alfred Langbehn unterbrach für einen Moment seine Tätigkeit.

„Tag Heiner. Was sein muß, muß sein. Weißt du ja. Ich mach das immer frühmorgens, gibt sonst Gerede im Dorf."

Sie gingen aufeinander zu, trafen sich an der Friedhofshecke.

„Und, alles in Ordnung?"

„Bis jetzt ja. Drei waren lose, das ist alles." Er brauchte Heiner Langmaack den Sinn seiner Tätigkeit nicht zu erklären. Einmal im Jahr mußten die Grabsteine auf ihre Standfestigkeit hin überprüft werden. Heiner Langmaack wußte das. Er blickte zur Kirche hinüber.

„Sonntag ist Konfirmation", sagte er. „Schon alles fertig?"

Alfred Langbehn schüttelte den Kopf. „Noch nicht. Erst muß der Friedhof in Ordnung."

„War ja entsetzlich, letztes Jahr die Debatte."

„O ja. Vor allem die König, immer was Neues im Kopf. Soll sie doch woanders ausprobieren, aber nicht hier."

„Die Fröhlich ist auch nicht besser. Frauen!"

Die beiden Männer nickten einander zu. Allzugut erinnerten sie sich noch an die schier endlose Diskussion im Kirchenvorstand im letzten Jahr. Der Streit war ausgebrochen, als Johanna König vorgeschlagen hatte, der Kirchenvorstand solle,

anders als bisher üblich, hinter den Konfirmanden in die Kirche einziehen. Das war ein eklatanter Bruch alter Sitten, denn seit undenklichen Zeiten zog der Kirchenvorstand an der Spitze des feierlichen Zuges am Konfirmationssonntag in die Kirche ein. Heiner Langmaack erinnerte sich nur noch undeutlich an die Argumente, die die Frauen vorgebracht hatten. Es sei schließlich das Fest der Konfirmanden, nicht das des Kirchenvorstandes, so hatten sie behauptet, und ein großer Teil des Vorstandes würde die Konfirmanden sowieso bei der Konfirmation zum ersten Mal sehen; woher sie also das Recht nähmen, allen voran in die Kirche einzuziehen. Gerade das letzte Argument hatte Heiner Langmaack als Ungeheuerlichkeit empfunden. Er kannte seine Klein Hasenberger. Das Ende vom Lied war jedenfalls gewesen, daß die Frauen sich durchgesetzt hatten. Und prompt, wie es zu erwarten gewesen war, hatte es Kritik aus dem Dorf gehagelt, ob die heutigen Konfirmanden es nicht mehr wert seien, daß der Kirchenvorstand ihnen vorangehe, und so weiter. Reumütig war man zur alten Regelung zurückgekehrt. Und in diesem Jahr hatte es keine Debatten mehr gegeben. Der Küster blickte in die Ferne. Von weitem sahen sie eine alte Frau auf den Friedhof zusteuern. „Das ist Magda“, bemerkte Alfred Langbehn, „Magda Martens. Die ist oft hier, immer frühmorgens.“
Heiner Langmaack zog sich die Hose hoch.
„Sag mal Alfred ... Ist dir in letzter Zeit irgend etwas aufgefallen, in der Kirche oder so?“
Alfred Langbehn sah ihn überrascht an. „Was meinst du mit 'irgend etwas'?“
„Na, etwas Besonderes, Ungewöhnliches, bei der Orgel oder sonstwo.“
„Zwei Tote sind doch ungewöhnlich genug, oder?“
„Das meine ich nicht. Aber sonst noch etwas, irgend etwas, verstehst du?“
Alfred Langbehn schien, langsam zu verstehen.
„Du meinst ... nein, nicht daß ich wüßte ... etwas Besonderes ...“ Eine Erinnerung zuckte durch seinen Kopf. „Die Kerzen!“
„Die Kerzen?“

„Erinnerst du dich nicht? Ende Februar, bei unserer Kirchenvorstandssitzung, da hatte ich doch gefragt, wer die Kerzen aus dem Leuchter genommen hat. Das war nämlich doch der Chor, aber die Fröhlich wollte das ja nicht zugeben. War er aber doch. Ich habe nämlich ein paar Tage später die Kerzenstummel in der Orgel gefunden, da war nämlich drinnen das Licht kaputt. Und an dem Abend hat sie noch so ein großes Theater gemacht, daß der Chor keine Kerzen stiehlt und so weiter."

Heiner Langmaack kräuselte die Stirn. „Und was wollte der Chor in der Orgel?"

„Keine Ahnung."

„Da ist doch gar kein Platz in der Orgel."

„Nicht viel", gab der Küster zu. „Höchstens für fünf, sechs Mann . . ."

„Der Chor hat aber fünfzehn Leute."

Alfred Langbehn ging ein Licht auf. „Du meinst, das war nicht der Chor?"

Heiner Langmaack nickte zufrieden. „Genau."

„Der Mörder?"

„Genau das. Das war bestimmt der, der den von Haldern um die Ecke gebracht hat."

„Da fällt mir noch was ein." Alfred Langbehn wurde von einer gewissen Erregung gepackt. „Erinnerst du dich noch, daß der Pastor an dem Abend gefragt hat, wer nachts noch in der Kirche war? Ich habe doch noch gesagt, da war niemand."

„Da war aber jemand." Heiner Langmaack wähnte sich auf der richtigen Spur. „Der Mörder!"

Ihm kam eine Idee. „Alfred, hör mal zu. Ich war gestern bei Paul und . . ."

Fünf Minuten später war alles besprochen. Heiner Langmaack rieb sich die Hände. Das wäre doch gelacht, dachte er, wenn wir den Kerl nicht kriegen könnten. Morgens hatte man eben doch die besten Einfälle. Langsam fuhr er mit seinem Hanomag den Kirchberg hinunter.

XVII.

„Und der Kirchenvorstand geht vorneweg“, erklärte Frank Falke.
Die Konfirmanden hörten ihm zu, die meisten jedenfalls. Sie saßen in der Kirche, um den Ablauf des Gottesdienstes zu proben. In drei Tagen würde es soweit sein.
„Ist Herr Ahrholz auch im Kirchenvorstand?“ fragte Stefan.
Frank Falke erschrak, ahnte, wohin die Frage zielte. „Nein“, entgegnete er absichtlich betont.
„Man gut. Sonst wäre ich nicht eingezogen.“
Er überlegte, etwas zu erwidern, ließ es aber sein.
„Und spielt die Orgel wieder?“ Nadja grinste. „Oder steht die immer noch unter Strom?“
„Nadja! Seit wann warst du nicht mehr in der Kirche?“
„Ist doch jetzt egal, oder?“
„Und wie ist das mit Fotos?“
Frank Falke seufzte. „Das habe ich schon zweimal erklärt, Carsten. Paß besser auf! Wir treffen uns um neun Uhr dreißig am Gemeindehaus. Da ist dann ein Fotograf, der von uns allen Bilder machen wird. Wenn ihr wollt, könnt ihr auch Einzelfotos haben. Die Bilder könnt ihr anschließend kaufen, okay? Aber ihr müßt sie nicht kaufen“, fügte er sicherheitshalber noch hinzu. „Und in der Kirche? Mein Vater will filmen.“
„In der Kirche dürfen keine Fotos oder Filme gemacht werden. Das habe ich auch schon ein paarmal erklärt.“
„Der wichtigste Moment in meinem Leben“, maulte Carsten, „ohne Film.“
Frank Falke mußte lachen. Bisher hatte Carsten keineswegs den Eindruck gemacht, als ob er sich auf den wichtigsten Moment seines Lebens vorbereiten würde. Aber so sind sie, die Konfirmanden, dachte er. Ihm wurde ein wenig weh ums Herz, wenn er an die Konfirmation dachte. Zwei Jahre hatten sie sich regelmäßig getroffen, miteinander geredet, sich gestritten, er hatte sie ermahnt, versucht, ihnen zuzuhören, ihr Vertrauen zu gewinnen, und in wenigen Tagen würde nun alles vorbei sein. Er mußte sich eingestehen, daß er die Konfir-

manden in sein Herz geschlossen hatte.
Jedes Jahr erging es ihm so. Sicher, man sah sich zuweilen auch nachher noch, auf der Straße oder zu Weihnachten, und einige der Konfirmanden nahmen auch an der Jugendfreizeit teil, die die Kirchengemeinde jedes Jahr im Herbst veranstaltete. Und doch markierte die Konfirmation einen Abschluß, ging eine Zeit der Gemeinsamkeit zu Ende.
Frank Falke wandte sich wieder den Konfirmanden zu.
„Jetzt proben wir alles noch einmal. Steht auf, und dann ..."
Eine halbe Stunde später war auch die zweite Probe zu seiner Zufriedenheit abgeschlossen.
„Also dann bis Sonntag!"
Die Konfirmanden strömten ihren Fahrrädern zu, Frank Falke ging hinüber zum Pastorat. Der Küster, der ihn vom Friedhof aus gesehen hatte, steuerte auf ihn zu.
„Na, Herr Langbehn?"
„Tag, Herr Pastor. Ich habe heute morgen die Grabsteine überprüft. Sechs waren nicht in Ordnung, müssen angeschrieben werden."
„Ah ja."
„Und Ballner war heute da, der Steinmetz, Sie wissen. Die wollten den Grabstein Meinertz bringen."
„Ja, na und?"
„Der Grabstein ist ein Meter zehn breit." Der Küster sah ihn bedeutungsvoll an.
Frank Falke verstand nicht. „Ja, na und?" fragte er zum zweiten Mal.
„Grabsteine dürfen nur neunzig Zentimeter breit sein", dozierte Alfred Langbehn. „Steht in der Friedhofssatzung. Haben Sie den Grabstein Meinertz genehmigt?"
„Ich weiß nicht." Frank Falke überlegte. Unter dem unzähligen Papierkram, den er fast täglich zu erledigen hatte, konnte sich gut auch der Antrag der Familie Meinertz für den Grabstein des vor vier Wochen verstorbenen Großvaters befunden haben. Er konnte sich nicht erinnern. Wenn es allerdings so gewesen war, so hatte er mit ziemlicher Sicherheit nicht genau auf die angegebenen Maße geachtet. Verwaltung war absolut nicht sein Fall.

Er hörte seine Frau ihn rufen: „Frank!“ schallte es vom Pastorat herüber.
„Ich muß weg.“ Er wandte sich noch einmal dem Küster zu. „Ich kümmere mich darum, einverstanden?“ Alfred Langbehn nickte. Frank Falke eilte zum Pastorat, dankbar, dem Küster entkommen zu sein.
„Was gibt es so Eiliges?“
„Es hat jemand für dich angerufen“, erläuterte Annette, in der Tür stehend. „Scheint dringend zu sein. Du sollst sofort zur Frau Wittig kommen.“
„Hat sie angerufen?“
„Der Nachbar hat angerufen. Sie hat ihn darum gebeten, sagte er. Sie ist wohl krank und muß ins Krankenhaus oder so etwas.“
„O ja.“ Er schaute auf die Uhr: kurz vor fünf. „Ich fahre gleich los. Um sieben habe ich eine Besprechung mit Frau Fröhlich wegen der Xylophongruppe. Es geht um die Stücke, die zur Konfirmation gespielt werden sollen.“ Er dachte einen Moment nach. „Vielleicht essen wir besser hinterher zu Abend.“
Seltsam, daß sie mich rufen läßt, dachte er, als er im Wagen saß. Wie lange war es her, daß er das letzte Mal bei Helene Wittig gewesen war? Drei, vier Wochen? Vielleicht hat sie wirklich niemanden, der mit ihr redet.
Er parkte den Wagen, schritt die Auffahrt zu ihrer Wohnung hinunter. In ihrem Zimmer brannte Licht, wie er durch das kleine Fenster sehen konnte. Er klopfte an die Tür.
„Herein!“ ertönte eine brüchige Stimme. Er trat ein.
„Guten Tag Frau Wittig! Was machen Sie denn?“
„Ach, Herr Pastor!“ Sie richtete sich in ihrem Bett auf, das sie sich wie immer auf dem Sofa zurechtgemacht hatte, sah schlecht aus, wie er auf den ersten Blick sehen konnte. Das Gesicht war eingefallen, die Wangenknochen sprangen deutlich hervor, gaben ihr ein gespenstisches Aussehen. Die wirren weißen Haare und der goldbedruckte Bademantel, den sie wer weiß woher haben mochte, verstärkten diesen Eindruck noch.
„Mit mir ist nichts mehr los, Herr Pastor.“

„Aber Frau Wittig", er ging zu ihr herüber, reichte ihr die Hand. „Sagen Sie das nicht."
„Doch, doch, setzen Sie sich, Herr Pastor, setzen Sie sich."
Er ließ sich in dem Sessel nieder, stellte fest, daß die Umgebung ihm allmählich vertraut vorkam. Dieses ganze Gepränge der Armut gehörte irgendwie hierher, verband sich mit ihrer Person zu einem unauflöslichen Ganzen.
„Klapsmühle", flüsterte sie beschwörend, „Krankenhaus."
„Sie müssen ins Krankenhaus?"
„Genau." Sie nickte eindringlich. „Aus und vorbei. Alles kaputt. Der Doktor will ja nichts sagen, aber mir macht er nichts vor. Schämen sollte er sich, eine alte Frau zu belügen."
„Ist es wirklich so schlimm?"
„Ich bin nicht verrückt." Frau Wittig ignorierte seine Frage. „Ganz und gar nicht. Haben immer alle gedacht, daß die Wittig verrückt ist. Ist sie aber nicht." Sie sah ihm starr ins Gesicht. „Helene Wittig weiß, was sie tut."
„Bestimmt", versuchte er, sie zu beschwichtigen.
Auf einmal schien sie den Tränen nahe. „Das ist kein gutes Dorf, Herr Doktor. Ganz und gar nicht." Sie blickte in eine imaginäre Ferne. „Und Hartmut ist auch tot. Und keinen Vater hat er gehabt. Asmus hatte einen Vater. Asmus ist böse. Immer ist er böse zu mir."
„Das ist kein gutes Dorf . . .?"
„Nein!" Sie schaute ihn an. „Sechzig Jahre wohne ich hier. Sechzig Jahre! Und - kommt einer vorbei? Keiner kommt zu mir. 'Das ist meine Nichte', hat meine Mutter immer gesagt, aber alle haben gewußt, daß das meine Mutter ist. Und böse sind sie gewesen zu mir, immer, alle sind böse, und keinen Vater habe ich gehabt, weil sie sich geschämt hat, meine Mutter, für den Vater, weil er sie nicht geheiratet hat . . ." Sie brach ab. „Ich bin die 'Nichte', hat sie immer gesagt", fügte sie leise hinzu. „Und dann war sie weg."
„Das tut mir leid für Sie." Frank Falke versuchte, seiner Betroffenheit Ausdruck zu geben. „Wirklich leid."
„Ich bin nicht verrückt, Herr Doktor." Für einen kurzen Moment leuchtete es in ihren Augen. „Ich weiß, was ich tue. Hat man ihn eigentlich schon?"

„Wen?“ fragte er überrascht.
„Na, den Kerl, der bei Ihnen mordet.“
Er mußte lachen über diese Formulierung, fing sich aber sofort.
„Nein“, sagte er ernst. „Nein, den hat man noch nicht.“
Sie schaute ihn an. „Mit mir ist es aus, Herr Pastor. Kaputt, Ende, alles aus.“
„Alles aus?“
Sie winkte ihn zu sich herüber. „Krebs!“ flüsterte sie ihm ins Ohr.
„Wer sagt das? Der Arzt?“
„Nichts sagt der Doktor, gar nichts, der lügt. Alle lügen! Aber ich weiß Bescheid, mir macht er nichts vor. Ein paar Tage Krankenhaus, hat er gesagt, mal nachschauen, hat er gesagt.“
Sie schüttelte den Kopf, deutete auf ihren Bauch. „Ich weiß, wie das da drinnen aussieht.“
Frank Falke schwieg, suchte nach Worten.
„Herr Pastor ...?“ Ihre Stimme hatte plötzlich einen leisen, fast zärtlichen Klang.
„Ja?“ antwortete Frank Falke verwundert.
„Herr Pastor ...“
„Ja, Frau Wittig?“
„Ich mein, wenn das nun so ist ... mit dem Sterben und so ... und wo Hartmut doch tot ist ...“
„Ja?“
Sie gab sich einen Ruck.
„Gehen Sie einmal an den Schrank, Herr Pastor. Oben, das linke Fach.“ Frank Falke erhob sich.
„Ja, genau das. Holen Sie es einmal her.“
In dem Fach befand sich ein Stapel von Papieren, Büchern und Heften. Frank Falke reichte ihn ihr herüber.
„Da!“ Sie hatte sofort gefunden, was sie suchte. „Nehmen Sie!“
Es war ein Notenheft, wie er verblüfft feststellte. 'Die Sorgen-Lägerin von Johann Weichmann' stand auf dem Titelblatt. Der Untertitel war wesentlich länger: 'Das ist Etliche Theile Geistlicher und Weltlicher zur Andacht und Ehrenlust dienender Lieder, welche theils allein, theils in ein Positiv, Cla-

vicimbel, Spinet, Theorbe, Harff, Laute, Bandoer, Viole di gamba zu singen.'
„Seite fünf."
Er blätterte die Seite auf. 'Wilt du mich jetzt verlassen ...' war als Überschrift des Liedes angegeben.
„Kann man das spielen? Auf der Orgel, meine ich. Ich meine, wenn ... Ich meine", sie schluckte, „als Abschied, meine ich, ... bei der Beerdigung."
„Bestimmt, Frau Wittig." Er ging zu ihr, spürte ihr Bedürfnis nach Beistand, ergriff ihre Hand. Alt und knochig fühlte sich die Hand an. Eine Weile saßen sie schweigend da. Dann drückte sie seine Hand noch einmal ganz fest.
„Danke, Herr Pastor."
Er ging zurück zu seinem Sessel.
Helene Wittig blickte wieder in imaginäre Fernen.
„Ich hab mal gern gesungen, sehr gern. Das Heft ist für Sie, Herr Pastor. Gern gesungen hab ich, damals, als Kind. 'Die Glückhoffer Nachtigall' hat mein Lehrer immer gesagt. Und: 'Du hast Glück, mein Kind.' War falsch, war nicht Wahrheit, Herr Pastor."
Sie schaute ihn an. „Ich bin nicht verrückt", sagte sie leise. „Und mein Mann kommt auch nicht wieder." Sie schüttelte den Kopf. „Jetzt nicht mehr."
„Wann kommen Sie ins Krankenhaus?"
„Morgen früh, Herr Pastor."
„Ich werde Sie besuchen", versprach er.
Ich werde sie wirklich besuchen, dachte er, als er wieder im Auto saß. Er spürte, wie ihr Schicksal ihn berührte. Von der eigenen Mutter verleugnet zu werden, wie mochte das sein, von der eigenen Mutter als 'Nichte' ausgegeben zu werden? Und das ganze Dorf wußte Bescheid. Und dann das lange Warten, das Warten auf einen Mann, der nie wiederkam. Es gibt wirklich wichtigere Dinge, dachte er, als eine sanierungsbedürftige Orgel und einen verrückten Mörder. Er blickte auf das Notenheft, das neben ihm auf dem Beifahrersitz lag. Er würde ihr ihren Wunsch ganz gewiß erfüllen.

XVIII.

Alfred Langbehn und Heiner Langmaack warteten.
„Bist du sicher, daß er kommt?“ Alfred Langbehn war von der Sache nicht überzeugt.
„Klar kommt er, sicher.“
Sie lagen im Gebüsch am Kirchberg auf der Lauer. Es war Samstagabend, die Sonne war gerade im Untergehen. Morgen würde in der Kirche Konfirmation sein. Aber das war erst morgen. Heute warteten andere Dinge auf sie.
„Was machst du denn da oben?“ Magda Hinrichsen stand auf der Straße, ihren Sohn Hinrich im Arm. „Ich dachte, für solche Spiele bist du zu alt, Heiner.“ Alfred Langbehn duckte sich tiefer ins Gebüsch, froh, nicht entdeckt worden zu sein. Heiner Langmaack richtete sich enttäuscht auf.
„Leise!“ beschwor er sie. „Sei still! Heute kriegen wir ihn, Magda.“
„Wen kriegst du?“
„Die Cowboys!“ witzelte Hinrich Hinrichsen, der sich in der Nähe seiner Mutter sicher fühlte. „Bist du Winnetou, Heiner?“
„Halt den Mund! Winnetou, so’n Quatsch! Den Mörder kriegen wir. Einer muß ja was tun.“
„Na, dann viel Glück!“ Kopfschüttelnd zogen die beiden weiter. „Tschüs, Heiner!“ rief Hinrich Hinrichsen ihm noch einmal in gehöriger Lautstärke zu. Heiner Langmaack zuckte zusammen.
„Leise!“ zischte er.
„Sind sie weg?“ Alfred Langbehn lag auf der Erde, hatte das Gesicht dem Boden zugewandt. Er richtete sich auf. „Gott sei Dank, daß die mich nicht gesehen haben! Aber sieh mal, wie ich aussehe!“
Der feuchte Erdboden hatte deutliche Spuren an Alfred Langbehn hinterlassen. Heiner Langmaack schüttelte den Kopf. „Was sein muß, muß sein, Alfred!“
„Du hast gut reden.“ Alfred Langbehn klopfte sich den Overall ab, den er extra für dieses Unternehmen angezogen hatte. „Und wenn nun alles umsonst ist?“

„Ist es nicht, glaub mir. Wir kriegen ihn!“ Er hörte erneut Schritte auf der Straße. „Duck dich!“
Die Warnung kam zu spät. „Na, Alfred, Überstunden machen? Ist doch sonst nicht dein Ding, am Samstagabend noch so fleißig zu sein.“ Klaus Meyer, der Amtswehrführer, stand grinsend auf der Straße.
„Oder verscharrst du grad' eine Leiche? Hattet ihr ja reichlich in der letzten Zeit.“
„Halt deinen Mund!“
„Oder spielst du etwa Cowboy und Indianer?“
„Nicht schon wieder“, knurrte Heiner Langmaack, der sich noch rechtzeitig zu Boden geworfen hatte, „nicht schon wieder!“
„Na dann viel Spaß! Übertreib's nicht!“ Feixend zog der Amtswehrführer von dannen.
„Der reinste Menschenauflauf!“ Heiner Langmaack richtete sich auf, begann nun seinerseits, seine Kleidung gründlich abzuklopfen.
„Hat sowieso keinen Sinn, was wir hier machen. Von wegen: Der Täter kommt zum Tatort zurück. Paul hat dir 'nen Floh ins Ohr gesetzt, Heiner, das ist alles.“
„Hat er nicht. Der kommt.“
„Und wieso heute?“
„Tja ...“ Heiner Langmaack lächelte still in sich hinein, dachte an die Falle, die er gestellt hatte. „... Da hab ich ein bißchen nachgeholfen, Alfred, ganz einfach.“
„Was hast du gemacht?“
„Ganz einfach. Ich hab allen gesagt, daß Montag die Orgel abgebaut wird, daß der Orgelbauer kommt und die Orgel mitnimmt. Du weißt doch, die wird zerlegt und in der Werkstatt repariert. Na ja, und den Termin hab ich halt ein bißchen vorgezogen.“
„Was hast du gemacht?“ Alfred Langbehn war deutlich schockiert.
„Wir haben das Geld doch gar nicht.“
„Na und? Ich hab gesagt, wir hätten Kredit.“
„Und wenn der Pastor das hört?“
„Bis der das erfährt, haben wir ihn, den Saukerl.“

„Dein Wort in Gottes Ohr!“
Die Dunkelheit nahm jetzt zu. Vom Kirchturm ertönten neun lange Schläge: neun Uhr. Es begann, stiller zu werden im Dorf. Vereinzelt sahen sie noch fahrende Wagen den Kirchberg hinunterkommen, die die Kirche für kurze Momente in grelles Licht tauchten. Aber keiner der Wagen hielt an, keiner der Fahrer schien an der Kirche ein besonderes Interesse zu haben. Die beiden Männer schwiegen, warteten.
„Das wird nichts.“ Alfred Langbehn, dem das Warten zu lang wurde, versuchte, sich möglichst geräuschlos ein wenig Bewegung zu verschaffen. „Kein Wagen hält an.“
„Der kommt nicht mit dem Wagen.“
„Nein?“
„Nein. Und jetzt sei still!“
Am Kirchberg rührte sich nichts. Mit der Zeit nahm die Zahl der vorbeifahrenden Autos deutlich ab, Ruhe kehrte ein. Drüben am Pastorat brannte noch Licht, leuchteten die Fenster in eine sternenlose Nacht. Die Umrisse der Kirche waren gegen den dunklen Himmel nicht mehr auszumachen, es war stockfinster.
Es muß so sein, dachte Heiner Langmaack, es muß! Er konnte sich nicht geirrt haben. Heute würde jemand versuchen, in die Kirche einzubrechen. Ganz sicher. Und derjenige würde auch zur Orgel gehen, auch das ganz sicher. Paul hatte ja gesagt, daß der Täter zum Tatort zurückkehre. Und heute abend war dazu die letzte Gelegenheit. Er mußte grinsen, dachte daran, wie beiläufig er die Neuigkeit von der Orgel erzählt hatte. Aber es hatte funktioniert, er hatte es sehen können. Er wußte, wer heute abend kommen würde, war sich seiner Sache sicher, und er freute sich auf dessen dummes Gesicht. Na siehst du, mit Heiner Langmaack ist nicht zu spaßen.
Noch aber rührte sich nichts bei der Kirche. Dagegen bewegte sich sein Kompagnon um so mehr. Alle fünf Minuten wechselte Alfred Langbehn die Stellung, stand auf, hockte sich wieder hin, streckte das Bein aus, zog es wieder ein - Alfred Langbehn war nicht fürs Warten geschaffen. Vom Kirchturm ertönten jetzt zehn Schläge.
„Er läßt sich Zeit.“

Heiner Langmaack stellte es sachlich fest, ohne Enttäuschung.
„Kann man wohl sagen."
Ganz in der Nähe konnten sie einen Uhu rufen hören. Seit einiger Zeit gab es diese Nachteulen wieder in Klein Hasenberg. Wenig später jammerte in der Ferne eine Katze.
Das war alles, was sie hörten.
„Hast du das gehört?" Alfred Langbehn drehte ruckartig seinen Kopf in Richtung Sakristei.
„Da!"
„Ich hör nichts." Heiner Langmaack lauschte angestrengt.
„Doch!"
Es schien, als ob irgend jemand sich an der Tür zur Sakristei zu schaffen machte. Zu sehen war nichts.
„Los!" Alfred Langbehn platzte förmlich vor Erregung. „Jetzt haben wir ihn!" Er machte Anstalten aufzustehen.
„Warte!" Heiner Langmaack hielt ihn zurück. „Laß uns warten! Woll'n doch mal sehen, wo er hin will."
„Zur Orgel, nehme ich an."
„Genau. Und da nageln wir ihn fest."
Sie hörten die Tür zur Sakristei knarren.
„Jetzt!" befahl Heiner Langmaack. Sie erhoben sich, schlichen sich an die Tür heran. Der Unbekannte hatte die Tür hinter sich zugezogen. „Mach auf!"
Alfred Langbehn drückte die Klinge herunter. „Abgeschlossen", stellte er fest.
„Er ist aber drin", beharrte Heiner Langmaack. „Schließ auf!"
Alfred Langbehn zuckte zusammen. „Ich hab den Schlüssel nicht", sagte er leise.
„Was . . .?" Das darf doch nicht wahr sein, dachte er. „Hast du wenigstens den Schlüssel zum Haupteingang?"
„Die Vordertür läßt sich nur von innen öffnen." Alfred Langbehn wurde noch kleinlauter. „Das Schloß klemmt von außen."
„Na, dann hol den Sakristeischlüssel!" Er mußte sich Mühe geben, seinen Ärger zu beherrschen. „Mach zu!"
Aus der Kirche drang jetzt ein schwacher Lichtschimmer. Jemand hatte wohl dort drinnen eine Kerze angezündet.

„Ich hab den Schlüssel zur Sakristei nicht. Den hat Falke. Er hat ihn sich gestern geholt, wegen der Probe zur Konfirmation, weißt du."
„Was?" Heiner Langmaack holte tief Luft. Das durfte doch nicht wahr sein! Herrje, dachte er, muß man sich denn um alles kümmern?
„Dann hol den Schlüssel von Falke! Aber beeil dich!"
Hoffentlich entwischt er nicht, dachte er, als der Küster gegangen war. Von innen ließ sich wahrscheinlich auch die Eingangstür der Kirche problemlos öffnen, wie das bei allen Doppelflügeltüren der Fall war. Er konnte den Küster sehen, der jetzt am Pastorat angekommen war, sah, wie sich nach einigen Momenten des Wartens die Tür öffnete. Falke erschien mit verblüfftem Gesicht. Dann verschwanden die beiden im Pastorat.
Mach zu, mach zu! Innerlich drückte er Alfred die Daumen. Wenn der Pastor sich nun querstellte, bei den geistlichen Herren wußte man das nie so genau. Mit Pastor Niemann wäre das kein Problem gewesen, aber Falke ... Man wußte nie so genau, woran man mit ihm war. Mach zu, mach zu, dachte er erneut. War der andere überhaupt noch in der Kirche? Er hoffte es, lauschte angestrengt, ohne etwas zu hören. Drüben öffnete sich die Tür am Pastorat. Alfred und der Pastor traten in die Nacht - endlich! Langsam kamen die beiden zur Kirche herüber.
„Was soll das?" Pastor Falke war verstimmt, wie ihm deutlich anzusehen war. „Was ist das für ein Unsinn mit einem Mörder?" „Leise!" Begriff der Pastor denn nicht, was los war? „Es ist jemand in der Kirche", flüsterte er.
„Genau." Alfred Langbehn schaltete sich ein. „Hab ich ihm schon gesagt."
„Und deshalb müssen wir jetzt rein. Alfred, geh du vor den Haupteingang. Nachher entwischt der Kerl uns noch. Und Sie, Herr Pastor, kommen Sie! Haben Sie den Schlüssel?"
Pastor Falke nickte, fügte sich in die Gegebenheiten. Mißmutig zog Alfred Langbehn von dannen, während Falke leise den Schlüssel ins Schloß steckte. Wie immer knarrte die Sakristeitür beim Öffnen.

„Leise!“ zischte Heiner Langmaack erneut. Sie befanden sich jetzt im Innern der Kirche, tasteten sich vorsichtig durch die Sakristei hindurch. Die Tür zum Altarraum stand offen, wie Heiner Langmaack schmerzlich bemerkte, als er dagegenstieß.

„Leise!“ rief Pastor Falke, der jetzt auch von einer gewissen Erregung gepackt schien.

Heiner Langmaack schlich in den Altarraum. Nichts war zu sehen. „Er muß in der Orgel sein“, flüsterte er dem Pastor zu, der in der Sakristei geblieben war.

„Und nun?“

„Ich hol ihn mir.“

„Nein.“ Pastor Falke schüttelte den Kopf. „Wir spielen doch nicht Cowboy und Indianer.“ Zielstrebig begab er sich zum Sicherungskasten.

„Nein!“ flüsterte Heiner Langmaack, dem plötzlich Unheilvolles schwante. „Nein!“

Aber es war zu spät. Die Kirche erstrahlte in vollem Licht.

„Ah ..., ah ... !“ Ein schrecklicher Schrei ertönte, ging durch Mark und Bein. Heiner Langmaack erschrak zu Tode, spürte, wie sein Herz sekundenlang aussetzte. Das Licht verlosch augenblicklich, instinktiv mußte der Pastor die Sicherungen wieder ausgeschaltet haben. Von der Orgelempore, von wo der Schrei erklungen war, war nichts mehr zu hören.

„Du meine Güte!“ Auch der Pastor schien vom Schreck wie gelähmt. „Und nun?“

Sie sahen sich ratlos an.

„Wir müssen hoch, hilft nichts.“ Heiner Langmaack versuchte, seine Fassung wiederzugewinnen. „Nachsehen, ob er ..., ob er ...“ „... tot ist“, vollendete Falke den Satz.

Plötzlich hörten sie etwas. Dann ertönte eine donnernde Stimme. „Wer war das?“ brüllte jemand von der Empore herab. Einer Eingebung folgend, ging Falke erneut zum Sicherungskasten und schaltete das Licht für den Altarraum ein, dessen Stromkreise von den übrigen getrennt waren.

„Wer war das? Ich bring ihn um!“ ertönte es erneut. Auf der Orgelempore stand Asmus Ahrholz und rieb sich die schmerzenden Hände.

XIX.

Es war ein Uhr nachts, wie Frank Falke mit einem Blick auf seine Uhr feststellte. In neun Stunden würde die Konfirmation beginnen. Sie saßen bei Asmus Ahrholz in der Guten Stube, Regina hatte Bier und Korn gebracht und sich dann diskret zurückgezogen. Die Polizei war in der Kirche gewesen, hatte den Tatort besichtigt. Heddermann, der Elektriker, war benachrichtigt worden. Er würde morgen früh um sieben die Orgel reparieren. Er kannte das schon. Danach waren sie zu Asmus Ahrholz umgezogen. Alfred Langbehn war nicht mitgekommen, er hatte es vorgezogen, sich ins Bett zu begeben.

„Und warum hast du nun den Herrn von Haldern umgebracht?“ fragte Heiner Langmaack.

„Hat er nicht“, fuhr Frank Falke dazwischen. Begriff Heiner Langmaack denn gar nichts? Asmus Ahrholz stöhnte entnervt auf. „Ich habe ihn nicht umgebracht. Geht das denn nicht in deinen Kopf? Das da oben heute abend, das galt mir, mir! Ich sollte ermordet werden, ich!“

„Aber du hast was damit zu tun“, beharrte Heiner Langmaack.

„Mit dem Mord nicht.“ Er blickte zu Frank Falke herüber, versuchte, sein Bierglas zu ergreifen, was ihm schwerfiel, da Regina ihm beide Hände verbunden hatte. Der Stromschlag hatte in beiden Handtellern schmerzhafte Spuren hinterlassen.

„Aber du warst in der Orgel!“

„Ich will es erklären.“ Asmus Ahrholz lächelte etwas gezwungen. „Bleibt mir ja wohl nichts anderes übrig, was? Übrigens danke, daß ihr der Polizei nichts gesagt habt von meinem Einbruch in der Kirche.“

Er sah zu Falke herüber. „Das verdanke ich Ihnen, Herr Pastor. Danke.“

„Da nicht für.“ Frank Falke mußte lächeln. Die Beamten hatten zwar etwas geguckt, als er ihnen erklärt hatte, daß sie zu dritt zu dieser Tageszeit nach der Orgel hatten sehen wollen, aber sie hatten sich nicht getraut, weitere Fragen zu stellen. Zudem lag der Fall klar. Jemand hatte die Orgel zu einem

Mordinstrument umfunktioniert, und Asmus Ahrholz war das Opfer gewesen.
„Doch, doch, Herr Pastor, danke! Aber ... Ach, ich sollte von vorne anfangen. Es ist eine lange Geschichte."
Er stellte das Bierglas auf den Tisch, stand auf und begann, in einer kleinen Kommode nach etwas zu suchen. „Hier", in der Hand hielt er ein kleines ledergebundenes Heft, „das ist Vaters Tagebuch. Vater hat alles aufgeschrieben von damals."
Er holte seine Lesebrille, setzte sich und begann zu blättern. „Da. März 1945. Damit fing alles an. Hören Sie zu, Herr Pastor!"

12. März 1945

Wieder ist uns eine Flüchtlingsfamilie zugeteilt worden. Damit wohnen jetzt drei Familien in unserer Scheune, alles Frauen und Kinder. Am Nachmittag bekamen wir noch einen jungen Mann mit Namen Paneck zugeteilt. So etwas ist ungewöhnlich. Er scheint gesund zu sein, ich habe ihn sofort gefragt, warum er nicht sein Vaterland verteidige. Er behauptet, an einem Forschungsauftrag in Ostpreußen gearbeitet zu haben. Wer's glaubt, wird selig. Werde mit dem Ortsgruppenleiter über ihn sprechen.

„Wer war Ortsgruppenleiter?" wollte Frank Falke wissen, obwohl das überhaupt nicht zur Sache gehörte. Heiner Langmaack und Asmus Ahrholz sahen sich an. Für einen kurzen Moment waren die beiden sich einig.
„Ist doch egal." Typisch, dachte Frank Falke. „Und was hat der Paneck mit all dem zu tun?"
„Moment, kommt gleich." Asmus Ahrholz blätterte in den Seiten. „Na, ich bin mal gespannt", Heiner Langmaack blickte kopfschüttelnd zu Asmus Ahrholz hinüber, „wie du dich mit dem alten Kram rausreden willst. Der Paneck ist doch schon vierzig Jahre tot. Was hat der mit dem Herrn von Haldern zu tun?"
„Warte!" Asmus Ahrholz hatte die nächste Eintragung gefunden. „Hier, hier geht es weiter."

30. März

Ich habe meine Bitte an den Ortsgruppenleiter, Paneck zum Fronteinsatz zu schicken, zurückgezogen. Statt dessen wird Paneck befohlen, an der Geschichte des deutschen Dorfes zu arbeiten. Er ist Lateinlehrer und Historiker und soll mir helfen. Unterlagen habe ich genug.
Wie ich höre, hat der Pastor ihn gebeten, das Organistenamt zu übernehmen. Mir soll's recht sein.

„Und damit begann Vaters Unglück." Asmus Ahrholz sah von einem zum andern. „Später hat er mal gesagt, das sei der Fehler seines Lebens gewesen."
„Und wieso das?"
„Hat der Paneck ihn betrogen?" wollte Frank Falke wissen. Es hatte also doch mit dem Paneck angefangen, dachte er. Seine Ahnung hatte ihn nicht getrogen.
„Warten Sie. Hier geht es weiter."

14. April

Habe jetzt manchen Abend mit Paneck verbracht. Er ist eine große Hilfe. Habe ihm gestern zum ersten Mal die alten Papiere gezeigt, die mein Vater in dem alten Haus auf dem Dachboden gefunden hat. Laut Panecks Aussage handelt es sich um Briefe an Elisabeth von Wedderkop. Name sagt mir nichts. Paneck sagt, er wird es schon herausfinden. Werde ihm einen kleinen Schreibtisch einrichten.

„Jetzt wird's interessant." Heiner Langmaack pfiff durch die Lippen. „Elisabeth von ..., was sagst du, Wedderkop, ... das war doch ..."
„... die Person, die der Herr von Haldern suchte", fiel Frank Falke ihm ins Wort. „Aber, wie kam Ihr Vater, beziehungsweise Ihr Großvater zu diesen Briefen?"
„Das wußte mein Vater damals selbst nicht. Das hat er erst später herausgefunden. Unsere Familie läßt sich hier in Klein Hasenberg bis in das Jahr 1743 zurückverfolgen. Und dieses Haus hier", er machte eine ausschweifende Handbewegung,

„oder besser, das Haus, das vorher hier stand, war das ehemalige Klein Hasenberger Vorwerk. Im Jahre 1743 nämlich wurde das Vorwerk von der Obrigkeit in mehrere Parzellen aufgeteilt und verkauft. Und mein Vorfahre, Johann Ahrholz, erwarb damals diesen Hof, die Hauptparzelle. Seit damals gibt es Ahrholzens in Klein Hasenberg.“ Der Stolz in seiner Stimme war unverkennbar.
„Und auf dem Dachboden des Hauses lagen die ganze Zeit die Briefe Elisabeth von Wedderkops?“
„Muß so gewesen sein. Jedenfalls hat mein Großvater sie dort gefunden.“
„Ach so.“ Frank Falke wurde manches klar. Deshalb also war auch der Herr von Haldern bei den Ahrholzens gewesen. Warum aber hatte Asmus Ahrholz die ganze Zeit darüber geschwiegen?
„Das hättest du uns auch sagen können“, knurrte Heiner Langmaack, der angesichts der vorgeschrittenen Zeit versuchte, ein Gähnen zu unterdrücken. „Was soll diese Geheimniskrämerei?“
„Und was ist so wichtig an Elisabeth von Wedderkop?“
„Gar nichts.“ Frank Falke schaute Asmus Ahrholz überrascht an. Dieser hatte inzwischen die nächste Eintragung gefunden.

23. April

Habe heute mit Paneck gesprochen. Er sagt, daß die von Wedderkop eine geborene von Wetkens war. Frage mich, wie wir zu diesen Papieren gekommen sind. Habe Paneck heute das Notenblatt gezeigt, das mit den anderen Sachen auf dem Dachboden lag. Er fand es sehr interessant, versprach, sich darum zu kümmern. Heute ist uns noch eine weitere Flüchtlingsfamilie zugeteilt worden. Es wird eng in der Scheune.

Frank Falke kam eine Eingebung. „Ein Notenblatt? Geht es darum?“ „Genau darum. Ich weiß nicht, was für ein Blatt das war.“ Er zuckte mit den Achseln. „Mein Vater hat es in seinem Leben nie wieder zu Gesicht bekommen. Und ich, ich kann und kann es nicht finden. Aber es muß da sein!“
„Ein Notenblatt suchst du? In der Orgel?“ Heiner Langmaack

verstand gar nichts. „Was willst du mit Noten, Asmus? Für die Concordia?“
„Quatsch!“
„Es ist ein wertvolles Blatt“, vermutete Frank Falke.
„So ist es. Soviel hat mein Vater noch herausbekommen. Verstehen Sie jetzt, wie die ganze Sache sich abgespielt hat? Mein Vater besaß diese alten Schriftstücke, unter anderem diese Noten. Sehr viel wert müssen die sein, müssen von irgendeinem berühmten Komponisten stammen. Kann gar nicht anders sein. Ein Mann des siebzehnten Jahrhunderts! Können Sie sich vorstellen, wieviel Geld man damit machen kann? Bestimmt zehn Riesen, wenn nicht mehr.“ In seinen Augen leuchtete es auf. „Könnt man gebrauchen, was Heiner? Gerade jetzt, wo die Landwirtschaft zum Teufel geht.“ Er wandte sich wieder Frank Falke zu. „Na ja, jedenfalls, Vater wußte nicht, daß das Blatt wertvoll ist. Und als der Paneck kam, hat er es ihm einfach in die Hände gegeben.“
„Und der Paneck hat's gestohlen!“ Heiner Langmaack sah jetzt klar. „Und dann ist der Paneck mit dem Blatt stiftengegangen. Plötzlich verschwunden.“ Er sah Asmus Ahrholz an. „Mensch Asmus, dein Vater muß aber eine Wut gehabt haben, als der Paneck weg war. Und ... weit war er ja gar nicht gekommen.“
Asmus Ahrholz bedachte Heiner Langmaack mit einem seltsamen Blick. „Mein Vater hatte eine Wut ...“ Er schien nachzudenken.
„Heiner?“
„Ja.“
„Heiner, wenn du von dem, was ich jetzt sage, auch nur ein Wort ...“
„Aber Asmus, ich doch nicht! Nie!“
„Kein Sterbenswort!“
„Auf meine Ehre!“
„Und Sie, Herr Pastor?“
„Ich stehe unter Schweigepflicht.“ Frank Falke begann, neugierig zu werden. Was hatte Asmus Ahrholz so Geheimnisvolles zu sagen? Asmus Ahrholz seufzte, hatte sich entschieden. Trotzdem mußte er erst noch einmal tief Luft holen. „Na

gut. Der August Paneck ist nicht plötzlich verschwunden. Mein Vater hat ihn umgebracht."
„Aber Herr Ahrholz!"
„Ich weiß, was ich sage. 1981, als alles verjährt war, hat Vater die Geschichte in sein Tagebuch geschrieben. Wollen Sie es hören?" Frank Falke nickte, merkte, wie er die Bedeutung dessen, was er soeben vernommen hatte, noch nicht erfassen konnte. Wilhelm Ahrholz, ein Mörder?
„Und wehe, Heiner, ein Wort!" Er blätterte in dem Tagebuch weiter. „Hier ist es."

18. August 1981
Habe mich entschlossen, es doch aufzuschreiben. 36 Jahre ist es her, auf den Tag genau, und doch sehe ich ihn vor mir, als ob es gestern wäre, den guten Anzug, den er wer-weiß-woher haben mochte, das Grinsen in seinem Gesicht, wie er die Treppe von der Orgel herunterkam, und die Papiere, meine Papiere unter dem Arm. Und ich höre ihn, höre ihn, als ob er vor mir stände, wie er zu mir sagt, wie schön es sei, daß ich auch einmal zur Kirche gefunden hätte, und ich sehe, wie er dabei grinst. Ich habe ihn angebrüllt damals, daß ich meine Papiere zurückhaben wolle, und daß er ein Dieb sei, ein hundsgemeiner Dieb, und er hat nur gelacht, ich könnte die Sachen ja doch nicht lesen, und das Notenblatt von . . . - ich habe den Namen damals schon nicht verstanden - das Notenblatt sei viel zu schade für mich, den ungebildeten Bauerntölpel mit einfacher Volksschule. Da ist es dann geschehen, ich habe zugeschlagen, und er ist gleich hingefallen auf die Treppe und hat nichts mehr gesagt. Glücklicherweise ist mir der Uhrenkasten eingefallen, ich hatte vor dem Krieg geholfen, das Räderwerk auszubauen, das Metall war pfundweise verkauft worden. Heute weiß ich nicht mehr, ob ich froh sein soll über meinen Einfall. Ich bin nur selten später zur Kirche gegangen, immer in dem Gedanken, daß der Paneck da oben hockt. Die Papiere habe ich wieder an mich genommen. Alles war da, nur die Noten fehlten. Sie müssen noch in der Kirche sein, aber ich habe sie nicht gefunden, sooft ich auch nach ihnen gesucht habe. So viele Jahre ist das jetzt her, Paneck hockt immer noch oben im Turm und schaut mich an, mich,

der ich lebe, mich, seinen Mörder. Und ich lebe, mein Sohn ist erwachsen, hat eine Familie gegründet, die Enkelkinder sind da und werden groß, und keiner weiß, was für einen Opa sie haben. Gott vergebe mir eines Tages.

Asmus Ahrholz legte das Buch zur Seite. Die drei Männer schwiegen. Was für ein Schicksal, dachte Frank Falke, einen Menschen zu erschlagen, um ihm dann ein Leben lang zu begegnen. Vom Ahrholzschen Hof hatte man einen guten Ausblick auf Kirche und Kirchturm. Was mochte in Wilhelm Ahrholz vorgegangen sein, wenn er des Morgens aus dem Fenster geschaut hatte und den Kirchturm sah? Welche Verdrängung war nötig gewesen, um mit dieser Schuld leben zu können?

„Für Ihren Vater muß das entsetzlich gewesen sein", sagte er leise.

Asmus Ahrholz nickte.

„Und du hast das alles gewußt?" Auch Heiner Langmaack war sichtlich schockiert. „. . . die ganze Zeit, daß einer da oben hockt in der Kirche?"

„Nein. Ich habe erst vor einem halben Jahr davon erfahren. Vater muß geahnt haben, daß er sterben würde. Zwei Wochen vor seinem Tod hat er mich gerufen", er lachte kurz auf, „herbeibefohlen wäre wohl besser gesagt, und dann hat er mir alles erzählt. Und er hat mir dieses Buch gegeben und mir aufgetragen, es nach seinem Tode zu lesen." Asmus Ahrholz seufzte. „So war mein Vater."

„Und als ich die goldene Uhr des Paneck in der Orgel fand", Frank Falke hatte jetzt die Augen geschlossen, versuchte, sich zu konzentrieren, „sind Sie auf die Idee gekommen, daß die Noten sich ebenfalls in der Orgel befinden müssen. Und Sie haben angefangen, danach zu suchen."

„Genau."

„Haben Sie das Blatt gefunden?"

Asmus Ahrholz schüttelte den Kopf. „Nein."

„Und der Herr von Haldern?"

Er warf Heiner Langmaack einen Blick zu. „Ich glaube, der war auch hinter den Noten her. Gesagt hat er es nie, aber ich

glaube es. Die alten Briefe hat er kaum angeguckt, obwohl sie ihn doch hätten interessieren müssen. Ich weiß nicht, woher er von den Noten wußte. Vielleicht hat Vater es ihm sogar gesagt. Ich weiß es nicht."
„Und weil er auch diese Noten haben wollte", Heiner Langmaacks Gesicht leuchtete auf, „hast du ihn umgebracht."
„Nein! Verdammt noch mal, Heiner! Nein!"
„Einer hat ihn aber umgebracht."
„Und mich auch beinahe, vergiß das nicht!"
„Und wer?"
„Ich weiß es nicht."
„Vielleicht weiß noch jemand von diesen Noten", vermutete Frank Falke.
„Vielleicht."

XX.

Jutta Fröhlich hatte Kuchen mitgebracht. An so etwas dachten die Männer nie, wie sie aus alter Erfahrung wußte. Sie hatten sich verabredet, die Orgel zu untersuchen. Der Pastor hatte angerufen und etwas von einem wertvollen Notenblatt erzählt. So ganz hatte sie ihn nicht verstanden, war nicht bei der Sache gewesen. Aber sie hatte vorsichtshalber Johanna König Bescheid gesagt, und Johanna hatte versprochen, ebenfalls zu kommen. Zu zweit war man nicht so allein unter den Männern. Jutta Fröhlich stieg die Treppe zur Orgel hinauf.
„Der reinste Menschenauflauf!" stöhnte Sebastian Moll auf, als sie die Orgelempore betrat. Jutta Fröhlich wich einen Schritt zurück, mit dieser Begrüßung hatte sie nicht gerechnet. Allerdings hatte der Organist nicht ganz unrecht, tatsächlich war rund ein halbes Dutzend Menschen auf der Empore versammelt. Asmus Ahrholz war da, Heiner Langmaack, der vor Selbstbewußtsein zu platzen schien, Alfred Langbehn, der Küster, Johanna König und Pastor Falke, der sie soeben anblickte. Jutta Fröhlich versuchte, ihr inneres Gleichgewicht wiederzufinden.
„Ich habe Kuchen mitgebracht", sagte sie stolz.

„O nein!“ Der Pastor sah sie entgeistert an. „Alles, bloß keinen Kuchen!“
Noch ein Wort und ich gehe, dachte sie.
„Entschuldigen Sie.“ Falke schien bemerkt zu haben, was er angerichtet hatte. „Verstehen Sie, gestern war Konfirmation. Und ich habe bei den Besuchen am Nachmittag insgesamt bestimmt sieben Stück Torte gegessen. Das hält man kaum aus. Aber“, er machte eine verlegene Geste, „das gehört halt zu meinem Beruf. Man kann es den Hausfrauen nicht erklären, daß man die Familie besuchen will, ohne etwas zu essen. Mit dem Trinken geht das ja immer noch, aber mit dem Essen ...! Aber trotzdem“, er lächelte Jutta Fröhlich an, „ist es schön, daß Sie Kuchen mitgebracht haben.“
„Wollen wir endlich anfangen?“ drängelte Heiner Langmaack.
„Und der Kuchen?“
„Können wir später essen.“
Jutta Fröhlich verspürte plötzlich Heimweh nach Afrika. Eine solche Mißachtung hausfraulicher Fähigkeiten hätte es dort niemals gegeben. Dort galten die Frauen noch etwas, wurde ihr Wort gehört in der Sippe, in der Familie.
„Herr Moll“, Pastor Falke sah bedeutungsvoll zum Organisten hinüber, „Sie wissen, was wir suchen: ein Notenblatt aus dem siebzehnten Jahrhundert. Wo könnte ein solches Blatt in der Orgel versteckt sein?“
„Eigentlich nirgends.“ Sebastian Moll schritt bedächtig den Orgelprospekt ab. „Vielleicht zwischen den Pfeifen?“
„Dort habe ich schon gesucht“, ertönte eine Stimme aus dem Hintergrund. Asmus Ahrholz schüttelte den Kopf. „Da ist nichts!“
„Wir sollten trotzdem noch einmal nachsehen“, schlug der Pastor vor.
Die Männer umrundeten die Orgel, begaben sich ins Innere des Instruments.
„Warst du schon einmal in der Orgel?“ fragte Jutta Fröhlich Johanna König, die beide vor der Tür stehengeblieben waren.
„Nein, noch nie. Aber“, sie zeigte auf die Tür, „jetzt ist es wohl zu voll da drinnen. Worum geht es eigentlich?“

„Wenn ich es recht verstanden habe, um ein historisches Notenblatt, das in der Orgel versteckt sein soll.“ Jutta Fröhlich deutete in Richtung Orgel. „Die sind ja alle ganz verrückt darauf.“
„Und was hat Asmus dabei zu suchen?“
„Herr Ahrholz? Dem gehört das Blatt. Oder besser: Es gehörte wohl seinem Vater. Ach ja, jetzt weiß ich es wieder. Der Paneck, du weißt doch, der, den wir als Skelett gefunden haben, der soll's versteckt haben. Ich glaube, es hat mit dem Mordfall zu tun. Falke mochte nicht darüber sprechen.“
Er hatte ziemlich drumherum geredet, erinnerte sie sich, hatte nicht sagen wollen, worum es ging, hatte sie gebeten mitzukommen, damit auch eine von 'den anderen', wie er sich ausgedrückt hatte, dabei wäre. Allzugut erinnerte sie sich noch an den Anblick des toten Herrn von Haldern, hatte kein Bedürfnis, diese Begegnung im Nachhinein noch zu vertiefen. Und überhaupt, was ging sie das an, sie, Jutta Fröhlich, als Person, als Mitglied des Kirchenvorstandes? War es Aufgabe der Kirche, für die Aufklärung eines Mordfalles zu sorgen? Sie konnte sich schönere Aufgaben vorstellen. Johanna Königs Gedanken schienen in eine ähnliche Richtung zu gehen.
„Und was sollen wir dabei?“ fragte sie.
„Ich weiß nicht.“
„Wäre das nicht eher eine Sache der Polizei?“
„Allerdings!“ Ein Kinderspiel ist das, was die hier treiben, dachte Jutta Fröhlich. Sicher, wenn man zwölf Jahre alt war und Kalle Blomquist hieß, dann mochte es noch angehen, aber hier handelte es sich doch um erwachsene Männer. Und ich bin als weibliches Gewissen mit eingeladen, überlegte sie. Schade, daß auch Falke sich vor diesen Karren spannen ließ, trotz aller Vorbehalte, die er ihr gegenüber verlauten ließ. Aber Falke war halt auch ein Mann. Jutta Fröhlich blickte zu ihrem Kuchen hinüber. Drinnen hörte man die Männer in der Orgel rumoren.
„Und wie soll das weitergehen?“
„Keine Ahnung!“
„Fehlanzeige“, sagte Falke, der gerade aus der Tür heraustrat in Richtung der beiden Frauen. „Da ist nichts.“

Die übrigen folgten ihm hinaus.
„Habe ich gleich gesagt.“ Sebastian Moll schüttelte bedächtig den Kopf. „Spätestens der Orgelsachverständige hätte es finden müssen. Da ist nichts!“
Sie standen ratlos vor dem Instrument.
„Und nun?“ wollte Falke wissen.
„Keine Ahnung.“ Sebastian Moll begab sich gewohnheitsmäßig zu seinem Spieltisch, kletterte auf die Orgelbank. „Was ist das?“ fragte er plötzlich. In der Hand hielt er ein Notenheft.
„Ach das? Das hat mir eine alte Frau gegeben.“ Pastor Falke wandte sich ihm zu. „Sie fragt, ob man das Lied auf Seite fünf auch auf der Orgel spielen kann. Für ihre Beerdigung, verstehen Sie?“
„Die Sorgen-Lägerin“, las der Organist vor. „Von Johann Weichmann.“ Er blätterte in dem Heft herum. „Johann Weichmann, Weichmann? Sagt mir nichts, der Name. Ach so!“ Er hatte die Rückseite des Heftes aufgeschlagen. „Ach ja! Königsberg, 1647 bis 1652. Herr Pastor, wie sind Sie an diese Noten gekommen?“
„Sagte ich doch schon. Ist denn etwas Besonderes an diesem Heft?“
„Johann Weichmann, jetzt erinnere ich mich, Kantor der Altstädter Kirche in Königsberg. Ein wahrer Künstler, ja, leider viel zu früh gestorben. Zweiunddreißig Jahre ist er nur geworden. Und trotzdem ist er einer der großen Königsberger Liederkomponisten gewesen. Er . . .“
„Das interessiert jetzt nicht“, fuhr Heiner Langmaack dazwischen. „Wo ist jetzt das Notenblatt?“
Sebastian Moll hörte nicht. „Die Altstädter Kirche . . .“, begann er zu dozieren.
„Will jetzt vielleicht jemand einen Kuchen?“ fragte Jutta Fröhlich, die inzwischen wieder zu ihrem Kuchenteller zurückgekehrt war.
„Blödsinn, diese Suche!“ Alfred Langbehn lehnte sich lässig gegen die Balustrade, betrachtete den Orgelprospekt. „Was soll das überhaupt mit den alten Noten?“
„Ist kein Blödsinn!“ knurrte Asmus Ahrholz.

„Ich möchte ein Stück Kuchen“, sagte Johanna König.
„Ich auch.“ Jutta Fröhlich blickte überrascht zum Pastor herüber. „O danke, Herr Pastor.“ Er hat auch wirklich nette Seiten, dachte sie.
„Und wie soll das weitergehen?“ fragte Heiner Langmaack.
„Herr Moll“, Falke wandte sich wieder dem Organisten zu, kaute mit vollem Mund, „kann man nun das Lied auf der Orgel spielen?“
Sebastian Moll sah ihn überrascht an. „Welches Lied?“
„Das auf Seite fünf!“
„Ach das.“ Er blätterte die Seite auf. Ein kurzer Blick genügte. „Sicher kann man das spielen.“
„Vielleicht ist das alte Blatt ja in einer Orgelpfeife“, vermutete Johanna König.
„Nein.“ Überraschenderweise hatte der Organist zugehört. „Nein, das würde man hören.“ Er sah auf und erblickte Heiner Langmaack, der sich an den Orgelpfeifen zu schaffen machte. „Was machen Sie da?“
„Suchen!“ kam die knappe Antwort.
„Lassen Sie das!“ Der Organist stutzte. „Moment! Ich habe eine Idee!“ Molls Stimme bekam einen schrillen Ton. Alle Aufmerksamkeit wandte sich dem Organisten zu. „Eine Möglichkeit gibt es. Eine einzige: das Contracis im Pedal im Gedackt 16’ Fuß! Die Pfeife ist groß genug, und der Ton wird selten gespielt. Der Mann, der es versteckte, war auch Organist, nicht wahr, Herr Pastor?“
„Ja, das war er.“
Sebastian Moll erhob sich. „Das wäre eine Möglichkeit“, murmelte er.
„Und wo ist dieses tiefe Cis mit diesen Füßen?“ fragte Heiner Langmaack ungeduldig.
Sebastian Moll schaltete das Orgelgebläse ein, mußte einen Moment warten, bis der Luftdruck sich aufgebaut hatte. „Jetzt werden wir es hören!“ verkündete er.
Ein dumpfer Ton ertönte.
„Und?“ wollte Falke wissen.
„Ich weiß nicht. Wir werden nachsehen müssen.“
„Welche Pfeife ist es?“ Heiner Langmaack krempelte bereits

die Ärmel hoch. Asmus Ahrholz tat es ihm nach.
Jetzt bauen sie die Orgel auseinander, dachte Jutta Fröhlich. Nimmt der Spuk denn gar kein Ende?
Die Männer gingen in die Orgel. Unentschlossen folgte sie ihnen.
„Wo ist die Pfeife?" fragten Heiner Langmaack und Asmus Ahrholz wie aus einem Mund.
Im Orgelinneren war es eng, zwei kleine Gänge verliefen inmitten der Pfeifen, die sechs Menschen drängten sich dicht zusammen auf dem ihnen verbleibenden Platz. Ringsumher unzählige Pfeifen, kleine, große, die meisten rund und aus Zinn, einige andere hölzern, rotbraun gestrichen und viereckig.
Der Organist deutete auf eine etwa zwei bis drei Meter lange hölzerne Pfeife. „Da ist sie."
„Man bräuchte eine Leiter."
Heiner Langmaack widersprach. „Paßt hier nicht rein."
„Aber sicher paßt hier 'ne Leiter rein", beharrte Asmus Ahrholz. „Ich hätt sogar eine mitgenommen, wenn ich mich damals getraut hätte." Er begann zu grinsen. „Platz genug ist. Hier paßt sogar ein Regal rein, nicht wahr Alfred?"
Der Küster, sorgsam damit beschäftigt, seine Kleidung nicht dem Staub der Umgebung auszusetzen, blickte erschreckt auf. „Ein Regal? Wieso? Wie kommt ihr darauf?" Als ob er hier eine heimliche Vorratskammer hätte, dachte Jutta Fröhlich.
„Ist auch egal. Wir schaffen das auch so. Herr Moll, sollen wir Sie hochheben?"
„Ja, wenn Sie so freundlich wären . . ." Heiner Langmaack und Asmus Ahrholz packten an, hoben den Organisten mit kräftigen Händen in die Höhe. Die Verbände, die Asmus Ahrholz um die Handflächen trug, schienen ihn nicht sonderlich zu behindern.
„Na und?" fragte der Pastor, dem die Neugier deutlich anzusehen war.
„Nichts." Der Organist versuchte, in die Pfeife zu gucken. „Ich seh nichts . . . Nicht so schaukeln da unten . . . Moment . . . Runter, laßt mich runter."

Moll wurde wieder auf festen Boden gesetzt. In der Hand hielt er einen kleinen Fetzen Papier.
„Hier“, sagte er stolz, „hier ist es.“
„Ist das alles?“ entfuhr es Jutta Fröhlich. Das Stückchen Papier mochte kaum einige Zentimeter groß sein. „Dafür der ganze Aufwand?“

XXI.

„Das war vielleicht ein Ding . . .“, Heiner Langmaack brach ab.
„Ach Asmus, erzähl du!“
Nanu, dachte Magda Hinrichsen, das war doch sonst nicht Heiners Art. Sie hatten sich im Vereinshaus der Concordia getroffen. Klaus Meyer und Klaus Meyer, Renate Roßmann, Hinrich, ihr Sohn, und sie selbst, Magda Hinrichsen, waren schon dagewesen, als die anderen, Heiner Langmaack, Asmus Ahrholz, Alfred Langbehn und - erstaunlicherweise - der Pastor, dazugestoßen waren. Soweit sie sich erinnern konnte, war der Pastor noch niemals abends auf ein Bier ins Vereinshaus der Concordia gekommen.
„Was soll ich sagen, Leute?“ Asmus Ahrholz wirkte ungewohnt verlegen. „Laßt uns erst mal einen trinken!“
Er erhob sein Glas. Die beiden Wehrführer sahen ihn feindselig an, die Gläser blieben stehen.
„Er ist unschuldig“, beeilte sich Heiner Langmaack zu sagen. „Ehrlich Leute, glaubt's mir! Asmus war's nicht!“
„Ach so.“
„Na dann.“
Die Stimmung lockerte sich. „Auf euer Wohl!“ Sie stießen miteinander an, die Korngläser wurden geleert, die Biergläser gehoben.
„Brrr!“ ließ sich der Pastor vernehmen.
„Noch ein Gedeck!“ rief Heiner Langmaack in Richtung Tresen.
„Also, um es kurz zu machen“, begann Asmus Ahrholz aufs Neue, „ihr wißt doch, daß der Panecke meinem Vater gehol-

fen hat. Und dabei hat er ihm etwas gestohlen ..."
„... und in der Orgel versteckt!" fuhr Heiner Langmaack dazwischen, dem es doch schwerfiel, sich auf die Rolle des Zuhörers zu beschränken.
„Genau. Und deshalb bin ich nachts manchmal in der Orgel gewesen, um das verfluchte Ding zu suchen. Ich mein, war wohl nicht richtig so. Aber gefunden habe ich es auch nicht."
„Und was hast du gesucht?" brummte Klaus Meyer, der Amtswehrführer.
„Ein Notenblatt. Ja, ich weiß, hört sich komisch an. Ist aber sehr wertvoll, das Ding, deshalb. Und der von Haldern muß das auch gesucht haben. Ich glaube, Vater hat ihm davon erzählt. Wüßte sonst nicht, woher er davon wußte."
„Der von Haldern ist tot."
„Und ich auch beinahe!" Er sah die Runde beschwörend an. „Um ein Haar! Wenn der Pastor nicht gewesen wäre!"
„So kann man das auch sehen", murmelte dieser.
„Vorgestern war das", fuhr Asmus Ahrholz fort, „da hat er wieder zugeschlagen, das Biest. Wenn ich den in die Finger kriege, das könnt ihr mir glauben, Kleinholz mach ich aus dem!"
Was hatte ihre Freundin gesagt, überlegte Magda Hinrichsen, ein Toter zieht den nächsten nach? Magda mit dem Küchenmesser ... Wie lange waren sie befreundet? Mehr als vierzig Jahre. Traurigkeit überflutete sie. So etwas schüttelte man nicht einfach ab. „Und habt ihr nun das Blatt?" wollte Hinrich Hinrichsen jetzt wissen.
Asmus Ahrholz und Heiner Langmaack sahen stolz zu Falke hinüber.
„Na, Herr Pastor!" Falke öffnete umständlich seine Brieftasche.
„Hier." Er zog einen kleinen Fetzen Papier hervor. „Das ist alles, was wir haben."
„Viel ist das nicht", ließ sich der Amtswehrführer vernehmen.
„Sag das nicht, Klaus!" mischte sich der Wehrführer ein.
„Genau." Heiner Langmaack schaute den Pastor erwartungsvoll an. „Herr Pastor!"
Falke ergriff das Wort. „Dieser Abschnitt", erläuterte er, „ist

Teil eines alten Notenblattes. Und hier, hier ist ein Name zu erkennen." Er deutete auf eine unleserliche Schrift. „Moll, unser Organist, hat es uns vorgelesen. Es ist von Franz Tunder. Mit aller Wahrscheinlichkeit muß es sich bei den Noten also um ein Liebeslied von Tunder an Elisabeth von Wedderkop handeln. Meint Moll jedenfalls. Denn die Noten waren an diese Frau adressiert. So war es doch, Herr Ahrholz, oder?"
Asmus Ahrholz nickte.
„Moment", schaltete sich nun die Bürgermeisterin ein. „Tunder, das war der Lübecker Marienorganist, den Moll für sein Passionskonzert vorgesehen hatte. Siebzehntes Jahrhundert, wenn ich mich richtig erinnere." Die Bürgermeisterin hatte ein gutes Gedächtnis. „Und diese Elisabeth von Wedderkop war die, hinter der der von Haldern her war, oder? Aber ... wie kommt das alles nach Klein Hasenberg?" Sie griff nach ihren Zigaretten, wandte sich gleichzeitig dem Tresen zu. „Noch eine Runde!"
„Moll hat folgende Theorie: Elisabeth von Wedderkop stammte vom Gut Richthof. Als junges Mädchen ist sie wohl höfisch erzogen worden, und das Zentrum solcher Erziehung war hier bei uns Schloß Gottorf. Gottorf war damals berühmt für seine Kultur. Elisabeth von Wedderkop ist wahrscheinlich so um 1635 dort gewesen, und zu dieser Zeit war Tunder Hoflehrer auf Schloß Gottorf. Bei dieser Gelegenheit hat er sich wahrscheinlich in sie verliebt. Aber", er machte eine unbestimmte Handbewegung, „eine Heirat kam natürlich nicht in Frage. Standesunterschiede waren damals unüberwindbar. Aber in Lübeck muß er seine einstige Liebe wiedergetroffen haben ... und ihr ein Lied geschrieben haben", fügte er noch hinzu.
Warum ist er so umständlich, dachte Magda Hinrichsen. Ach, Pastorchen ...
„Das glaubt man nicht!" Renate Roßmann schüttelte den Kopf. „Alles bei uns in Klein Hasenberg. Prost, Kinders!" Sie stießen erneut miteinander an. Falke zögerte, trank aber schließlich auch. „Brrr..."
„Na, nichts gewohnt, Herr Pastor?"
„Nein."

„Und jetzt haben wir ihn“, triumphierte Heiner Langmaack plötzlich und unbegreiflicherweise.
„Wen? Den Mörder etwa? Quatsch!“ Der Amtswehrführer schüttelte den Kopf. „So ein Unsinn!“
„Doch! Heiner hat Recht.“ Hinrich Hinrichsen rückte seine Brille zurecht. „Wir müssen nur herausfinden, wer noch von diesem Notenblatt wußte. Und dann haben wir ihn.“
„Das kann nur einer sein, der den Panecke kannte“, vermutete der Wehrführer. „Dein Vater hat doch niemandem davon erzählt, oder doch, Asmus?“
„Niemandem.“
„Ein alter Mensch also.“ Hinrich Hinrichsen schien nachzudenken. „Davon gibt es gar nicht mehr so viele in Klein Hasenberg.“ Er wandte sich seiner Mutter zu. „Wer fällt dir ein, Mutter?“
Warum fragst du mich, Hinrich, dachte sie. Das war keine gute Idee. Sie schüttelte langsam den Kopf. Man muß nicht über alles reden, Hinrich.
„Ich hab mal in der Zeitung gelesen“, meldete sich Alfred Langbehn jetzt zu Wort, „von einer alten Frau, die hat fünf Männer umgebracht. Immer auf die gleiche Art, ich glaube mit Gift im Tee oder so. Und in Wirklichkeit war sie mit dem Totengräber befreundet. Der hat die Leichen dann immer unter die Erde gebracht. So was gibt's wirklich, Leute!“
„Das hast du dir gleich gemerkt, was?“ Der Wehrführer grinste. „Für alle Fälle, was Alfred?“
„Unsinn! Außerdem habe ich gerade Inventur auf dem Friedhof gemacht. Könnt ihr nachzählen, sind alle da. Kein Grab zuviel oder zuwenig.“
„Das will ich auch hoffen“, brummte der Pastor. „Da fällt mir ein, Frau König erzählte mir vorhin, ihre Kinder hätten eine alte Frau beobachtet, die in der Kirche verschwunden ist. Und anschließend haben die Kinder die Orgel gehört. Sagen die Kinder jedenfalls.“
„Alte Frauen sind zu allem fähig!“ Der Küster bemerkte zu spät, wie sich Magda Hinrichsens Gesicht verfinsterte. Erschreckt wandte er sich um.
„'Tschuldigung, Magda! Du natürlich nicht, aber sonst . . .“

Hört auf, dachte Magda Hinrichsen, hört auf! Warum macht ihr immer weiter?
„Die Martens ist doch auch andauernd auf dem Friedhof", fiel jetzt dem Amtswehrführer ein. „Wer weiß, vielleicht macht sie ab und zu einen Ausflug zur Orgel?"
Das ist es ja gerade. Magda Hinrichsen sah betrübt von einem zum andern. Sie macht Ausflüge zur Orgel. Und verliert dabei ihr Küchenmesser. Ein Messer, mit dem man ausgezeichnet Stromkabel bearbeiten konnte. Und was war mit der Frau im Uhrendeckel?
„Sagen Sie das noch mal", Renate Roßmann hatte anscheinend nicht zugehört, „da ist eine alte Frau in der Kirche verschwunden? Und dann hat man die Orgel gehört?"
„Genau so."
„Und wann war das?"
Falke mußte nachdenken. „Letzten Montag muß das gewesen sein, ja, letzten Montag, nachdem die Xylophongruppe zu Ende war."
„Eine Hexe", ulkte der Wehrführer.
„Und war danach noch jemand an der Orgel?" bohrte die Bürgermeisterin weiter.
Falke erschrak, schien zu begreifen, wohin die Frage zielte. „Nein", sagte er langsam, „nein, ich glaube nicht."
„Da war niemand", ergänzte Alfred Langbehn, „nichts und niemand: keine Beerdigung, keine Hochzeit, und geübt hat Moll auch nicht. Hat er mir vorhin noch gesagt. Obwohl, könnte er mal wieder, finde ich."
„Ich glaube, Sie sollten den Vorfall der Polizei melden."
Falke sah zur Bürgermeisterin herüber. „Ja ... Ja, das ist wohl das Beste." Er wirkte abwesend, schien einen Entschluß gefaßt zu haben. Schließlich wandte er sich dem Tresen zu. „Eine Runde auf meine Rechnung", rief er hinüber.
„Bravo, Herr Pastor! Sag ich doch immer, ein Pastor ist auch nur ein Mensch." Heiner Langmaack strahlte.

XXII.

Annette mußte sich zusammennehmen. Als Pastorenfrau war sie es gewohnt, auf den Beruf ihres Mannes stets alle möglichen Rücksichten nehmen zu müssen. Ein freies, ungebundenes Leben, wie sie es gern gehabt hätte, war mit diesem Beruf nicht möglich. Aber das hatte sie schon bei der Hochzeit geahnt. Daß es zu seinen Dienstpflichten auch gehören würde, daß er mitten in der Nacht und völlig betrunken nach Hause kam, hatte sie allerdings nicht geahnt.

Annette konnte Alkohol nicht ausstehen. In ihrer Familie war selten Alkohol getrunken worden. Dafür erinnerte sie sich allzugut an den betrunkenen Mann aus ihrer Kinderzeit, der jeden Morgen auf der Parkbank unter dem einzigen Baum in ihrer Straße gesessen hatte, hatte sein Gelalle und seine bösen Bemerkungen noch gut im Ohr, die er ihnen zugeworfen hatte, wenn sie auf dem Weg zur Schule an ihm vorbeigekommen waren. Annette war stets auf die andere Straßenseite gegangen, aber es hatte ihr nichts genützt, um so lauter nur hatte der Mann seine schmutzigen Worte gerufen. Eines Tages dann war er plötzlich verschwunden. Sie hatte ihn nie wieder gesehen.

Und nun war ihr eigener Mann betrunken nach Hause gekommen. Spät in der Nacht war Frank ins Haus geschlichen, hatte es zumindest vergeblich versucht, aber sie hatte ihn dennoch gehört, obwohl sie schon im Bett gelegen und beinahe geschlafen hatte. Immerhin hatte er den Anstand besessen, nicht mehr ins Schlafzimmer zu kommen, sondern sich auf die Wohnzimmercouch zu legen. Wenigstens das war ihr erspart geblieben.

Nun stand sie neben der Couch, betrachtete ihren Mann kopfschüttelnd. Eingerollt wie ein kleines Kind lag er da, die Sofadecke halb über sich gezogen, tief schlummernd und schnarchend. Es war beinahe zehn Uhr. Was mochte gestern so Wichtiges geschehen sein?

Zu ihrem Ärger gesellte sich Sorge. Frank war mehr und mehr dabei, sich in den Mordfall einzumischen. Aber das war doch nicht seine Aufgabe! Zuerst diese Frage an Frau Hin-

richsen nach dem Küchenmesser, dann die nächtliche Sitzung mit Asmus Ahrholz, und schließlich gestern die Untersuchung der Orgel. Und die Polizei? War es nicht deren Aufgabe, einen Mörder zu finden?
Und seltsam auch, daß niemand an das Opfer dachte. Jedermann war auf der Suche nach Spuren, nach Indizien. Die Person des Claus von Haldern rückte dabei ganz in den Hintergrund. Niemand wußte etwas, und niemand wollte etwas wissen, so schien es ihr. Er war halt keiner aus dem Dorf gewesen. Sie schüttelte den Kopf, zog sich leise zurück. Wie gut, daß der Vormittag für Frank ohne Termine war. Sie hatte in seinem Kalender nachgeschaut und keine Eintragung gefunden. Soll er ausschlafen, bis er wieder zu sich kommt, dachte sie. Vielleicht nimmt er ja wieder Vernunft an.
Sie ging in ihre Werkstatt zurück, versuchte, sich auf ihre Arbeit zu konzentrieren. Auf dem Tisch stand die halbfertige Figur des Bauern. Annette war unzufrieden mit ihrem Werk. Sie warf einen Blick auf die Skizze, dann wieder auf die Figur, wieder auf die Skizze. Etwas stimmte nicht an der Figur, wollte und wollte nicht den richtigen Ausdruck annehmen. Am besten, ich fange noch einmal von vorn an. Sie seufzte. Seit zwei Wochen arbeitete sie nun daran, veränderte ständig das Aussehen, ohne daß die Figur ihr gelingen wollte. Aber so war es, sie kannte das, war erst einmal der Wurm drin, fing man am besten noch einmal an. Kurzentschlossen krempelte sie die Ärmel hoch. Schade um die viele Arbeit, schoß es ihr durch den Kopf, als sie die Tonfigur langsam zusammendrückte.
Die Tür knarrte. „Morgen." Frank stand in der Tür, verschlafen, verkatert, wie zu erwarten. Er blickte unschlüssig umher.
„Da bin ich", sagte er leise.
„Das sehe ich."
„Weißt du, wie spät es ist?"
„Halb elf."
„Oh!" Er drehte sich um. „Ich wasch mich erst mal."
„Unten steht Frühstück!" rief sie ihm nach.
Eine halbe Stunde später kam er erneut nach oben. Diesmal sah er bereits manierlicher aus. Trotzdem waren die Spuren

des gestrigen Abends auch jetzt noch nicht zu übersehen. Annette drehte sich um. „Setz dich!“ sagte sie halb freundlich, halb ärgerlich. „Du bist ein Bild für die Götter. So kenne ich dich ja gar nicht.“

„Gott sei Dank!“ Er schüttelte sich. „Ich bin versumpft. Hängengeblieben. War noch mit im Vereinshaus. Weißt du, wann ich gestern nach Hause gekommen bin?“

„Halb drei war es mindestens.“

„Oh . . .“, er schüttelte sich erneut, „so spät bin ich noch nie gekommen. Leider vertrage ich auch nichts.“ Er blickte verlegen zur Seite.

Männliche Eitelkeit, dachte sie. Typisch! Er schämt sich für seinen Kater.

„Ist denn wenigstens etwas dabei herausgekommen?“

„Nein. Einen Fetzen Papier haben wir in der Orgel gefunden, das war alles. Immerhin aber ein Fetzen von . . .“ Er brach ab, starrte plötzlich wie gebannt auf ihre Arbeitsplatte. „Annette . . . Annette, was ist das?“

Sie drehte sich um. „Was meinst du?“

„Diese Figur da!“

„Ach die!“ Was hat er bloß, dachte sie. „Das war die Figur des Bauern. Für den Totentanz. Mißraten ist sie, und ich habe sie wieder zusammengedrückt. Deshalb sieht sie so aus. Was ist denn?“

„Annette . . .“, mit einem Schlag schien Frank Falke hellwach zu sein, „Annette, glaubst du an Zufälle?“

„Zufälle?“

„Oder nenn es Fügung. Unerklärliche Zusammenhänge. Glaubst du daran?“

„Meinst du das theologisch? In dem Sinne, daß Gott . . .?“

„Nein“, unterbrach er sie. „Oder doch. Ist doch egal, ich meine . . .“, er suchte nach Worten. Was war bloß in ihn gefahren?

„Jetzt erklär mal genauer!“

„Annette, siehst du diese Figur dort? Sie sollte einen Bauern darstellen. Und der letzte Mordanschlag galt dem Herrn Ahrholz. Und Herr Ahrholz ist . . .“

„. . . ein Bauer. Na und?“

„Und davor hast du einen Forscher gemacht. Und der Herr von Haldern war ein Forscher.“
Sie runzelte die Stirn, begriff langsam, worauf er hinauswollte. „Aber das ist doch . . .“
„Und deine erste Figur war ein Musiker. Wie der Paneck.“
In diesem Licht hatte sie es noch nie betrachtet. „Aber das sind doch Zufälle!“
„Ich weiß nicht.“ Ihm schien eine Idee zu kommen. „Annette“, er zögerte, „Annette, ich möchte etwas probieren. Mach die Augen zu, bitte lach nicht, mach die Augen zu, ach, ist auch egal. Wie sieht der Tod aus, Annette, sag, wie?“
„So ein Unsinn!“ Sie war doch keine Hellseherin.
„Bitte, Annette!“
Sie zuckte mit den Achseln, seufzte. „Na gut.“ Wenn er es so haben wollte! Der Tod . . . Eine Figur von Camille Claudel fiel ihr ein. Eine Gruppe von drei Menschen: Eine alte Frau, den Tod verkörpernd, führte einen Mann fort ins Totenreich. Vor dem Mann kniete eine junge Frau, vergeblich versuchend, ihn zu halten. Das Bild der jungen Frau war ein Selbstbildnis der Camille Claudel.
„Der Tod . . . Der Tod ist eine alte Frau.“
„Eine alte Frau, genau! Weiter!“ Er hatte die Augen geschlossen, hörte konzentriert zu.
„Was weiter?“
„Beschreib sie!“
„So ein Blödsinn! Hör auf mit dem Spuk. Du kennst das Bild. Ich habe an eine Skulptur von Camille Claudel gedacht: 'Das reife Alter', wir haben sie letztes Jahr in der Ausstellung gesehen. Allerdings“, sie begann, Gefallen an dem Spiel zu finden, hielt es für ein Spiel, „wenn ich es selbst entwerfen würde, würde ich einiges verändern. Die junge Frau würde ich fortlassen, und den Mantel der alten Frau, du weißt doch, die alte Frau trägt einen wehenden Mantel, also, den würde ich auch fortlassen. Statt dessen bekäme sie bei mir krauses Haar, wie das Haupt der Medusa, nein, nicht mit Schlangen auf dem Kopf, eher wirres, weißes Haar. Obwohl man natürlich auf einer Skulptur keine Farben sieht. Im Altertum war das anders, da waren die Skulpturen alle bemalt. Also, die

Haarfarbe müßte man sich schon vorstellen, und . . ."
Frank Falke hatte jetzt die Augen geöffnet, starrte sie an.
„Weißt du, was du da sagst?" Er stand auf, begann erregt hin und her zu gehen. „Aber das würde ja bedeuten . . . Ja, allerdings! Aber sicher!" Er schlug sich mit der Hand gegen die Stirn. „Ich hätte es wissen müssen! Sie ist in der Orgel gewesen! Obwohl, ich verstehe nicht . . ."
Annette verstand überhaupt nichts mehr. Wußte ihr Mann, wer der Mörder war? „Was hättest du wissen müssen?"
„Ich muß telefonieren!" Er rannte geradezu aus dem Zimmer, die Treppe hinunter ins Wohnzimmer, wo das Telefon stand.
„Guten Tag, Herr Heddermann", konnte sie ihn von unten herauf hören.
„Wissen Sie, ob . . .? Ja, fragen Sie Ihren Vater, ich warte."
Sie ging die Treppe zu ihm herunter, wartete auf dem Flur, bemühte sich, das Gespräch nicht zu belauschen. Es gehörte zu den ungeschriebenen Gesetzen ihrer Ehe, daß auch das Telefongeheimnis, wie sie es nannten, heilig war.
„Danke", sagte ihr Mann gerade, als sie das Zimmer betrat, und legte auf.
„Sie hat bei Heddermann, dem Elektriker, gearbeitet, nach dem Krieg." Er sah sie triumphierend an. „Obwohl, ich verstehe immer noch nicht . . ."
„Was?"
„Einen Moment noch. Ich muß noch einmal telefonieren."
Hastig wählte er eine Nummer. „Hallo Renate. Hier ist Frank . . ." Welche Renate, dachte Annette, mit welcher Renate spricht er da? Dann fiel es ihr ein. Wahrscheinlich die Bürgermeisterin. Sieh an, der gestrige Abend hatte also doch Ergebnisse gezeitigt. Kopfschüttelnd verließ sie das Zimmer. Wer war denn nun der Täter? Hoffentlich paßte Frank auf sich auf und begab sich nicht in Gefahr. Sie begann, sich Sorgen zu machen.
„Ich muß weg." Frank Falke stand in der Tür. „Ich weiß nicht, wann ich zurückkomme."
„Paß auf dich auf!" rief sie ihm nach. Die Tür fiel ins Schloß, er hörte sie nicht mehr. Jetzt heißt es abwarten, dachte sie. Hoffentlich macht er keine Dummheiten!

XXIII.

„Nur eine Viertelstunde“, sagte die Krankenschwester, „und Sie dürfen sie nicht aufregen!“
„Ja“, bestätigte Frank Falke. Im Grunde genommen ist es eine Lüge, dachte er. Natürlich werde ich sie aufregen. Er befand sich im Flur der Station, wandte sich der Tür zu, die die Schwester ihm gezeigt hatte. Zimmer 529. Obwohl Krankenbesuche zu seinen Dienstpflichten gehörten, konnte er sich an die Atmosphäre hier nicht gewöhnen. Krankenhäuser hatten nichts Menschliches an sich, so kam es ihm vor, ein Gemisch aus Keimfreiheit und technischer Apparatur, verbunden mit einem dunklen Grundton menschlichen Leidens. Nirgendwo war hier Wärme zu finden, jedenfalls nicht bei seinen flüchtigen Besuchen in diesen Räumen, absterbendes Leben, alles schien eine unnahbare Kälte auszustrahlen. Instinktiv fröstelte ihm. Am liebsten wäre er wieder umgekehrt. Er gab sich einen Ruck und öffnete die Tür. Sie erblickte ihn sofort, ein Lächeln huschte über ihr Gesicht. Immerhin ist sie bei Bewußtsein, dachte er.
„Guten Tag, Frau Wittig.“ Er warf einen verstohlenen Blick in den Raum. Das Zimmer war klein, an der Wand standen zahlreiche Apparaturen, leuchteten und blinkten, etliche Schläuche, Drähte und anderes waren an Helene Wittigs Körper befestigt. Ansonsten befanden sich in dem Raum nur noch ihr Bett, ein Stuhl und ein kleiner Nachttisch mit einigen Schubladen. Durch eine Milchglasscheibe drang fahles Sonnenlicht herein.
„Gut, daß Sie da sind, Herr Pastor“, sagte sie leise. Er holte sich den Stuhl, setzte sich an ihr Bett.
„Ist er tot?“ fragte sie. Frank Falke hatte eine Eingebung, folgte einer Ahnung, die ihn schon auf der Fahrt hierher beschäftigt hatte. „Sie meinen Herrn Ahrholz, nicht wahr?“
Sie nickte.
„Nein, er ist nicht tot. Beinahe wäre er tot.“ Er blickte in ihr bleiches, eingefallenes Gesicht. Helene Wittig schien nur noch aus Haut und Knochen zu bestehen. „Warum, Frau Wittig, warum?“ „Weil“, sie versuchte, sich aufzurichten, ohne

daß es ihr gelang, „weil, Hartmut ist tot, und Asmus hatte einen Vater.“ Und dann begriff er, begriff er die volle Wahrheit, die schon lange in ihm gewohnt hatte, ohne daß er sich dessen bewußt geworden war. Sie war niemals verlobt gewesen. Es gab keinen Mann, der in Rußland gefallen war, kein Verlobter war jemals nach Rußland gezogen. Renate Roßmann hatte ihm das auf seine Nachfrage hin bestätigt. Nein, August Paneck war der Vater gewesen. So mußte es sein. Und sie war auch die Frau, deren Bildnis sie im Uhrendeckel gefunden hatten. Er sah sie an.
„Paneck war der Vater, nicht wahr?“ fragte er leise.
Eine Träne rollte über ihre Wange. Er griff nach ihrer Hand. Eine Totenhand, dachte er erschreckt, als er die kantigen Knochen spürte, kaum noch von Haut überdeckt.
„So lange gewartet, immer gewartet. Er ist nicht wiedergekommen, mein August. Und Asmus hatte einen Vater ... Er hatte kein Recht, August zu töten.“
Sie hatte es also gewußt, vielleicht auch nur geahnt, nachdem das Skelett des August Paneck auf dem Dachboden gefunden worden war, hatte sich ihren eigenen Reim darauf gemacht, wer ihren August getötet haben könnte. Und erstaunlicherweise hatte sie richtig geraten.
„Nein, er durfte das nicht“, bestätigte Falke.
Plötzlich schien Leben in sie zu kommen. „Helene Wittig weiß, was sie tut“, behauptete sie.
„Ja.“
„Er hat ihn umgebracht, meinen August. Und Asmus lebt.“ Tränen standen wieder in ihren Augen. „Hartmut ist tot“, sagte sie leise. „Ein Jung braucht doch einen Vater.“
Eine Pause entstand. „Asmus hat kein Recht zu leben.“
„Doch, auch Herr Ahrholz hat ein Recht zu leben“, widersprach er. Sie wollte Asmus töten, überlegte er. Weil ihr Sohn auch tot ist. Und weil Wilhelm Ahrholz, Asmus' Vater, den Vater ihres Sohnes ermordet hatte. Was mochte in dieser Frau vorgegangen sein, all die Jahre, als sie auf ihren August wartete, der nie wiederkam. Verlassen von einem Mann, wie auch schon ihre Mutter verlassen worden war. Rachegelüste? Eine Frage drängte sich ihm auf:

„Warum die Orgel, Frau Wittig?“
Sie kicherte ein wenig. „Gut, nicht Herr Pastor?“
Er schaute sie an, sah ihr verblichenes Gesicht. Ein Anflug von Triumph leuchtete aus ihren Augenhöhlen.
„Das Lied“, fuhr sie fort, „Asmus wollte das Lied. Ich bin schlauer als Asmus.“
„Und der Herr von Haldern?“
Sie hatte ihn nicht gehört. „Scheint die Sonne, Herr Doktor?“ wollte sie plötzlich wissen.
„Ja, draußen scheint die Sonne.“
„Das ist gut. Kann mich nicht bewegen, Herr Pastor. Man sieht gar nichts.“
„Und der Herr von Haldern?“
„Tut mir leid.“ Sie zuckte unmerklich mit den Schultern. „Er ist tot, nicht wahr?“
Er nickte. „Und das Lied?“
„Mein Lied. Für Hartmut ... August hat davon erzählt.“ Sie blickte zur Decke. „Ich werde sterben. Bald werde ich sterben. In der Schublade, Herr Pastor.“
Er brauchte einen Moment zum Begreifen. Dann wandte er sich dem Nachttisch zu. „Hier?“ Sie nickte.
Er zog die Schublade auf, holte einen braunen Umschlag hervor. Vorsichtig öffnete er das Kuvert. Eine alte Notenhandschrift kam zum Vorschein.
„Ich bin schlauer als Asmus“, sagte sie noch einmal.
Frank Falke betrachtete die alten Blätter. Ohne Zweifel handelte es sich um jene Noten, die Asmus Ahrholz so verzweifelt in der Orgel gesucht hatte. An der oberen linken Ecke fehlte ein Stück des Blattes.
„Sie haben sie gefunden?“
Sie nickte, schaute auf ihre Hände. „Diese Hände haben viel gesehen, Herr Pastor, schwere Arbeit. Und der Kopf“, sie tippte sich mit dem Finger an die Stirn, „ich bin nicht verrückt, nein, ganz und gar nicht verrückt.“ Die Stimme wurde leiser. „Helene Wittig weiß, was sie tut“, flüsterte sie noch einmal.
Ja, das war wohl so, dachte er. Er versuchte, die alte Schrift auf dem Blatt zu lesen, ohne daß es ihm gelang. Dann ent-

deckte er eine mit Bleistift geschriebene Randnotiz. Wahrscheinlich stammte sie von August Paneck:

'Lied von Franz Tunder', so las er, 'wahrscheinlich 1643. Totenlied für den ersten Sohn von Elisabeth von Wedderkop, geboren wohl 1641, gestorben 1643. Name: Hartmut von Wedderkop. Todesursache unbekannt, eventuell von marodierenden Soldaten zu Tode geritten.'

„Es tut mir leid um den Mann", sagte sie plötzlich. „Werden Sie das Lied spielen?"
„Welches Lied?" Er verstand nicht. „Dieses hier?" Dann hatte er begriffen. „Ja, wir werden das Lied spielen. Sie haben es mit August Paneck zusammen gesungen, nicht wahr?"
Ihre Augen starrten ins Leere.
'Wilt du mich jetzt verlassen ...' Leise begann sie zu weinen. Er drückte ihre Hand noch fester, streichelte sanft ihre Wange. Gott vergebe dir, Helene Wittig, dachte er, und dir, Klein - und Groß Hasenberg.
Sie blickte ihn ein letztes Mal an. „Der Doktor lügt", sagte sie mit fester Stimme.

XXIV.

Er war gerade dabei, sich den schwarzen Anzug anzuziehen, als es an der Tür klingelte. Die Orgel, schoß es ihm durch den Kopf, bitte nicht, nicht heute, hoffentlich nicht die Orgel, die ausgefallen ist. Erschrocken warf er sich das Jackett über, eilte die Treppe hinunter, band sich noch im Gehen den Schlips um. An der Tür stand der Beerdigungsunternehmer.
„Niemand da." Beerdigungsunternehmer Zwicker blickte düster vor sich her. „Traurige Angelegenheit."
Gott sei Dank, dachte er, nicht die Orgel. „Sie hatte keine Angehörigen, das wissen Sie doch", versuchte er, Zwicker zu beruhigen, „vielleicht kommt ja noch jemand."
„Wollen wir hoffen ..." Der Beerdigungsunternehmer trollte sich. Er ging wieder nach oben, vertiefte sich in seine Predigt.

Eine Predigt ohne Zuhörer ... Aber kam es darauf an? Mit der Polizei war abgemacht worden, daß erst morgen die Aufklärung des Mordfalles bekanntgegeben werden würde. Heute würde niemand davon erfahren.
Er sah auf seine Uhr: sieben vor eins, Zeit hinüberzugehen. Er zog sich den Talar an und verließ das Haus.
„Du wirst es schon richtig machen", rief ihm seine Frau nach, die sein kummervolles Gesicht bemerkte, „ich weiß es."
„Danke."
Die Minuten des Wartens in der Sakristei erschienen ihm endlos. Endlich setzte die Orgel ein. Ein Lied hatte seine Weltpremiere: 'Des Lebens Lust vergangen ist ...' von Franz Tunder, geschrieben 1643 für den früh verstorbenen Sohn der Elisabeth von Wedderkop. Frank Falke hatte den Organisten gebeten, dieses Lied zu spielen. Moll hatte nicht schlecht geguckt und Erklärungen verlangt, aber er hatte ihn auf später vertrösten können. Und jetzt erklang das Lied, getragen, schwermütig. War jemand in der Kirche, um es zu hören?
Er öffnete die Tür und trat in den Altarraum ein. Es war doch jemand gekommen. Er sah Magda Martens und Magda Hinrichsen, vereint, als ob nie etwas gewesen wäre. Ach ja, auch das hatte ihm Renate Roßmann erzählt: Das Küchenmesser der Magda Martens war gefunden worden, ausgerechnet in der Küchenschublade ihrer Freundin Magda Hinrichsen. Hinrich hatte das Messer benutzt, als er Frau Martens vor Wochen im Garten geholfen hatte, und es dann aus Vergeßlichkeit mitgenommen. Neben den beiden saß Renate Roßmann. Wahrscheinlich wußte sie als einzige, warum sie gekommen war, ahnte die Zusammenhänge.
Überraschenderweise waren auch Asmus Ahrholz und Heiner Langmaack erschienen. Was würde Herr Ahrholz sagen, wenn er erfuhr, daß er das Lied, nach dem er so lange auf der Suche war, soeben gehört hatte? Unwillkürlich mußte Frank Falke lächeln, schämte sich aber augenblicklich für den Impuls.
Und ganz hinten, in einer der letzten Bänke, entdeckte er Johanna König und Jutta Fröhlich. Warum waren sie hier? Er wußte es nicht.

Frank Falke trat einen Schritt auf den Sarg zu. Gott segne dich, Helene Wittig, dachte er, und er vergebe dir. Nachher würde Moll das Lied von Johann Weichmann spielen, ganz so, wie sie es sich gewünscht hatte. 'Wilt du mich jetzt verlassen ...', das Lied einer verzweifelten Liebe, eines Lebens, dem keine Erfüllung beschieden war. War es nicht so?
Der Gottesdienst begann mit den agendarischen Lesungen. Ein Lied wurde gesungen, dann war der Moment für die Predigt gekommen. Frank Falke blickte seine kleine Gemeinde an.
„Liebe Trauergemeinde! Helene Wittig ist tot ..."
Zum zweiten Mal in seinem Leben beerdigte er einen Mörder. Diesmal wußte er, was er tat.

Ende

Christian Uecker

Wer einmal brennt

Roman

ISBN 3-87503-064-8

Ein Unbekannter legt Brände und versetzt damit das kleine schleswig-holsteinische Dorf Klein Hasenberg in Aufruhr. Doch das ist erst der Anfang, denn plötzlich brennen Menschen ...

Nach dem großen Erfolg seines ersten Buches, nun der zweite *Kirchenkrimi* **des Pastors Christian Uecker. Auch wenn alle Ähnlichkeiten mit tatsächlichen Personen, Orten oder Ereignissen rein zufällig sind, gilt hier dasselbe wie beim ersten Krimi: Der Autor erzählt** *„so zeitnah und plastisch, daß einen zuweilen der Verdacht beschleicht, seine Akteure seien mitnichten erfunden" (Walter Allgaier, Deutsches Allgemeines Sonntagsblatt).*